仍未後悔

亦舒

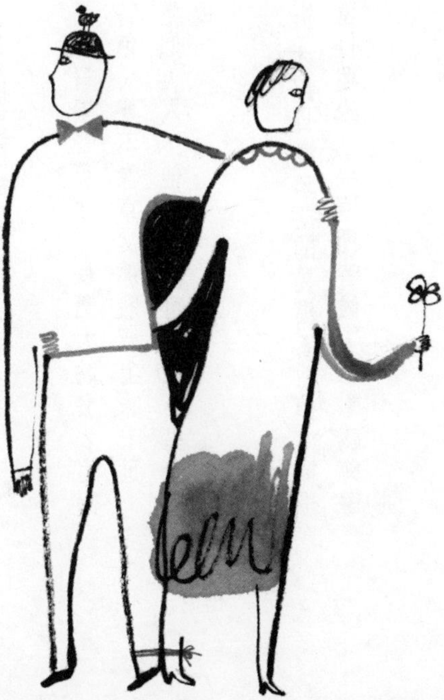

章台早婚，三十二歲，有三個孩子，全男班，可是説到回老家吃飯，仍然惶恐。

怕聽父母教訓。

這次，還指明他一個人報到，不知有什麼要事商量，從大學回家，他先淋浴，剃淨鬍髭，才駕車前往。

父親是退休公務員，為人端莊，講一口粵音英語，長篇大論發表言論之際，有點可笑，這是上世紀公務員特色，要不像章父那般鄉土味十足，否則，如捏着鼻子，努力説得比英人更似英人，他自以為可以跟英皇口音看齊，叫聽眾汗毛站班，十分尷尬。

進門坐下，老傭人給他一杯茶。

這傭人阿英也是最後一名忠僕，最近才把日漸疏落的長辮子剪掉，梳平腦頭，鬢邊用兩枚髮夾夾住，章先生還打趣説：「這種時候，也應該剪辮子了。」

章台坐好。

下了班的他已經有點累，看到是西洋參茶，歡喜喝盡。

章母先出來，見到他，滿心痛。

開口卻說：「你還在寫那種東西？太勞累，瘦得喉結顯凸。」

好脾氣的章台只是微笑。

「親家母託我一件事，我不好不說。」

親家母即章台妻子之母，他的丈母娘。

什麼事。

章台說笑，「她女兒周家寶不要我了。」

「啐，是周家浚出事，你那小舅子，他又告失蹤。」

章台嗯一聲。

周家浚已經失蹤多次，即是離家出走，音訊全無，直到零用花盡，又再現身。

「這次，他已三個月不見人影，親家母急得寢食難安。」

「還未習慣？」

「這種話不能叫家寶聽見，說我們涼薄。」

「這次為何可以維持這麼久。」

「親家母夾萬中不見兩顆碩大裸鑽。」

怪不得。

「周家浚身上帶病，他患肝炎，需長期診治，這孩子，不重視健康。」

家浚不重視生命，快車、酗酒、麻醉劑，每晚藏身酒吧，去年忽然說：「醫生要我多接觸陽光」，跑到人跡不到南太平洋小島，曬太陽，沉睡，幾次三番要家長派人找回。

「親家母說，請你把他勸回。」

章台一怔，「我有工作，而且，正在寫小說結尾，我哪裏走得開，況且家裏還有妻小。」

「走一趟把他帶回，一星期足夠。」

「他是成年人，怎麼個帶法。」

「你與他談得來。」

章台微笑，「我是女婿，不是跑腿。」

章母嘆氣：「我何嘗不是那樣想，但是——」她想說，拿人手短，吃人嘴軟，又怕傷兒子自尊心。

此刻章台住的公寓房子，正是周家寶的妝奩，丈母娘體貼，連傭人都訓練妥當後才派往女兒家服務，對三個外孫又照顧周到，叫章母舒服像做便宜祖母。

章台知道母親意思，「我安排一下時間。」

他告辭。

原來是這麼一回事。

尋人。

你越尋，他越躲，不知多有趣。

這周家浚，上得山多終遇虎，總有一日，把父母惹毛，索性把他丟在外邊，放棄，那時，他喊救命還來不及。

但是，這一次，章台還是得奉旨尋人。

到家，周家寶迎出，秀美小圓臉呈緊張狀，「怎麼樣？」

「你若答允，過兩日我便出門找他。」

「我能不答應嗎。」

三個依序五六七歲男孩在屋裏踢球，嘭一聲，水晶玻璃燈纓絡應聲落地，保母連忙制止。

周家寶說：「明日就同父親說：外孫們希望有一塊草地踢球。」

結婚十年，若不是有周家協助，斷不能讓他靜心教書寫作。章台本來不想接受該種慷慨，他並不狷介，只是覺得沒必要奢侈，不過，他不想周家寶降低生活水準，接着，孩子們出生，有個司機接送，方便多少！

漸漸，都照周家寶意思做。

一到暑假，周家寶領隊，浩蕩出發旅遊，孩子們最喜國內各省，因為每個城市說不同方言，吃不一樣零食，每個省份都似歐洲小國家，風土人情絕不重複，周家寶確是周家寶。

接着，她又說了好些話，章台沒聽進耳朵，他累得坐着就睡着，且做了一個夢。

有童聲清脆吟唱：「章台柳，章台柳，昔日青青今在否，縱使長條似舊垂，也應攀折他人手。」

這是母親教他的唐詩，那童聲，難道就是他？

有人在他身上蓋張被子，他醒轉，握住周家寶雙手，「謝謝你。」

周家寶說：「周家浚為什麼不能像你？」

「我有什麼好。」

第二天周家專用的殷律師與他聯絡：「其實，私家偵探小郭上月已找到周家浚，他拒絕回家。」

「我去也未必成功。」

「周太太想他回來與父親一起慶祝六十大壽，你且試一試。」

「這個世紀，六十還可算盛年。」

「周家浚在檳南。」

章台鬆口氣，「我以為他在婆羅洲，金剛的家鄉。」

「他懂得享受，檳南美麗白沙灘是世上保守得最好的秘密，我把他地址傳給你。」

「我今晚便可出發。」

「閣下小説寫得如何。」

「不夠好。」

「你也別太謙虛，不比別人差就可以。」

章台笑出聲，這是何種標準。

出發之前找到郭偵探問周家浚近況。

小郭是老相識了，過去五年，託他找過周家浚三次。

「章兄請坐。」

「閣下如何找到周家浚。」

「千辛萬苦，踏破鐵鞋。」

「這些日子他專攻美麗沙灘，身體還好嗎。」

「肝炎已經痊癒，仍然嗜酒，無益。」

「在古時，他是名士。」

「不對，章兄，若非他家境富裕，在任何時段，他都是乞丐。」

「你不喜歡他。」

「我以事論事。」

「一個人，在沙灘怎樣虛度一生？真也是學問，對我這種賤民來說，多告一天假都渾身不自在。」

「周家浚有天賦。」

章台告辭。

「章兄，希望你馬到功成，啊，對了，小說幾時出版。」

「得先寫出來。」

「總有故事吧，說些什麼。」

「講一個上門女婿千辛萬苦想揚名立萬經過。」

小郭再也不能問下去。

抵達檳城，乘車往度假區，司機健談：「先生，一個人？多可惜。」

抵達叫銀梳灘的地方，才知他意思。

一列平房式木屋，就在雪白沙灘蕉風椰雨中，屋後是瀑布山澗，屋前是藍色海峽，天堂一般。

度假村小廚房就在沙灘上，燒烤食物香聞十里，旅客坐在高櫈享受那種杯上插一把小傘粉彩色的雞尾酒。

章台到櫃枱找周家浚。

耳邊插大紅花的服務員巧笑倩兮，「不能透露客人房間號碼呢，不過，他在沙灘，每個人都認得他，穿一條小小史必度紅泳褲那個。」

章台放下身段往沙灘走去，踏上細沙，他不由得脱下鞋襪，讓蒼白足趾陷入溫暖沙子，啊真舒服，原先以為是荒島，原來卻是香格里拉。

所以周家浚樂極難返。

一個頭髮曬成棕色的英俊男子正教孩子群打排球，一時失手，被整班孩子撲壓身上，嘻哈大笑。

章台走近，皺眉叫他：「周家浚。」

周家浚一見姐夫，沒有意外，大笑説：「啊，天兵天將追上了。」

拍拍身上沙子，站起，略瘦一點，他▽型上身仍堪稱英軒。

章台索性脱去上衣陪他曬太陽。

周家浚揶揄：「像牛乳般嫩白。」

「不見天日不知多久。」

「敬愛的姐夫，周家寶的如意郎君，周老的乘龍快婿，找我這不肖子有何事？」

「再說便宜話，就丟下你不理。」

「對不起，對不起。」

「周先生叫你回去共度生日。」

「他總有一個名堂。」

這時，一個穿小T恤短褲子少女走近，手中捧兩球椰汁，坐在周家浚身邊，她擁有巨胸細腰，叫人注目。

章台一怔，這女子長髮糾結，像是多日未洗，身上一股汗騷，襯衣背脊腋下全有汗漬，最驚人的是，深藍色小褲子襠上有深棕色血漬，她竟未用衛生棉。

這是一個蠻荒女！

女子抬頭，章台立刻別轉頭，忽然額角冒汗。

女子放下椰汁走開。

周家浚輕輕說：「並非她不注重衛生，我特別叮囑，叫她毋須梳洗，我喜歡女子身上那股特有味道。」

章台講不出話。

周家浚實在太過放肆任性。

「帶了我回家，姐夫，你有何益處。」

章台坦白承認，「周家寶想搬有草地獨立屋。」

「姐夫，你真是好人。」

「你願否成全一個老好夾縫人。」

「為何如此縱容周家寶。」

「不是叫周家之寶嗎。」

「姐夫，你快樂嗎？」

「小說寫完之後會快樂得多。」

周家浚哈哈笑。

「你看你已經曬得不似華裔像土著，該回家了，休息一下再說，兩老實在掛念你。」

「三個孩子好嗎。」

「都長高不少，請舅舅回去看看他們，俗云，見舅如見娘。」

「姐夫好口才。」

「別盡是揶揄我，我不過是跑腿。」

周家浚攤攤手，「錢已花光。」

「我替你結賬訂飛機票。」

忽然之間，是章台不願離開沙灘。

周家浚換上紗籠，陪姐夫吃娘惹菜。

章台見任務達成，電告殷律師：「今晚起程返轉。」

殷律師也高興，「我通知周先生。」

櫃枱把賬單交給章台，他一看，吸口氣，好傢伙，這麼會花費，幸好羊毛出在羊身上，他用殷律師給的信用卡付賬。

隨便收拾一下，便與周家浚啟程回家。

整幢度假村的人都不捨得他，一一上前道別，卻不見先頭那野女。

在飛機艙坐下，章台才放心。

兩個英俊男子沉沉睡去。

半躺着，更顯得濃眉高鼻。

服務員上前斟滿水杯，看一會才走。

一個同另外一個說：「這麼漂亮，不是——吧。」

「不會，一個戴着婚戒。」

「此時他們也可以結婚。」

被周家浚聽見，微笑答：「他是我姐夫，我未婚。」

服務員不好意思，吱吱笑躲開。

周家大黑房車在停車處等候。

周家浚諷刺地說：「可像囚車？」

白衣白裙周家寶下車，「浚，你總算回來。」

三個孩子立刻爬上他身子，像猢猻掛樹，掙扎拖拉着一起上車。

周家浚送孩子們一袋貝殼。

周家寶在丈夫耳邊說：「看到什麼？」

章台說：「大群蜜色美女。」

車子先到章宅。

「阿浚，你先梳洗，再見父母。」

周家浚頭髮長得在腦後打一個結，鼻子上皮褪了又結疤，再褪一次。

不要說他，連章台都覺得自溫暖沙灘一下子回到冰冷都會不習慣。

換上薄麻質襯衫西服，又是一條好漢。

周家寶叫孩子也換上同款衣服，她說：「人多勢眾，一哄而上，父親不好多話……」

周家浚上前擁抱姐姐：「謝謝你。」

自她手中接過一疊現鈔，收進口袋。

周家浚這個人，就是如此縱壞。

他樣子英俊可愛，要罵他，總出不了口。

一家浩蕩往大屋吃宵夜。

孩子們例牌吵鬧：「你有兩塊餅乾，我只得一塊」，「我要坐舅舅身邊」，「你討厭」……

氣氛平和。

周太太迎出，「都來了。」

她握住女婿手，「台子，你真好，媽媽感激你。」

周家浚上前擁抱母親：「媽媽，浚子在此。」

「爸在書房等你。」

周家浚揚揚眉角，走上二樓私人書房。

周太太說：「孩子們，過來緊緊抱住外婆。」

三子一哄而上，他們在家，叫大弟二弟小弟。

周家寶問：「爸身子怎樣。」

章台小心聆聽。

周太太說：「身子容易倦，一早起來，興致勃勃要回公司，更衣出門，在車上已撐不住，打道回府，我當然擔心。」

「醫生怎麼說。」

「處方一些營養飲品，驗這驗那，折騰得不得了。」

「報告出來沒有。」

這時傭人端食物上樓。

周太太問：「是什麼。」

「雞肉雲吞。」

「給台子一碗。」

想與台子說話，看到他仰頭張嘴靠椅背扯呼。

周太太說：「虧他來往馬不停蹄把家浚抓回。」

周家寶微笑。

「台子的小說寫完沒有。」

周家寶回答：「我都不敢問，那是他的死穴，只見他寫了又改，改了又寫，三心兩意。」

「什麼故事。」

「我不好問他。」

周太太笑，「沒想到台子也有秘密。」

「媽媽鍾愛他。」

「唉，不知章太太餵兒子吃什麼，如此上進孝順。」

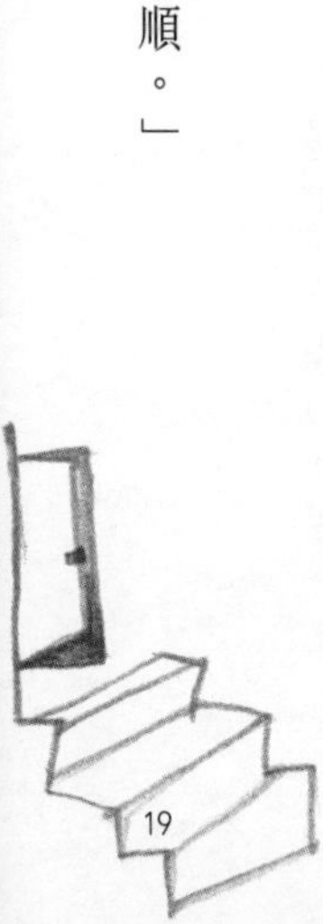

女兒賠笑。

「幸虧你一家爭氣，否則，氣都氣死……」

不知怎地，周家浚在書房傾談良久，直至章台一覺睡醒，他還沒出來。

周家寶說：「章台你上樓打探一下，是否吵架。」

章台輕輕走上，在書房門前站一會，什麼也沒聽到，以前，試過有摔東西及大聲斥責之聲。

父子一直在書房內逗留個多小時。

孩子們累了，第二天還要上學，由司機傭人先送回家。

周太太詫異：「講什麼要這麼久。」

周家寶也擔心，「別說過了頭家浚又要離家。」

周太太來回踱步。

終於，又過三十分鐘，周家浚下樓。

大家鬆口氣，但一見他垂頭不語，眼鼻通紅似哭過，又提心吊膽。

「怎麼了，捱罵？不再給零用？逐出家門？」

周家浚對章台說：「爸要見你。」

章台覺得事情不比尋常。

他趕緊上樓，敲一敲書房門便進內。

岳父坐安樂椅，臉色尚可，章台略為放心。

他坐到腳踏，接近岳父，才發覺老人皮膚乾枯，雙目無神，他不過強自振作。

周老伸手按住章台肩膀。

「岳父，有何事儘管吩咐。」

他拿起一封信，交到章台手上。

章台打開看到「史丹福大學醫學院」幾個字，心跳得如從胸中躍出。

他往下讀：「閣下——已抵三期，——請速速開始治療——康復機會為20%——」

章台震驚過度，反應像小孩一般，豆大眼淚滴下。

「好孩子，不要怕。」

這十年，岳父視他若子，章台衷心敬愛老人。

「六十三歲，加天地人，算六十六，閻王請吃肉。」他還輕鬆自嘲。

章台說不出話。

「台子，你是好孩子，這件事，暫時只告訴家浚與你，女眷方面……要等一個適當時候，請你代守秘密。」

章台只會用力點頭。

「我有一個要求，懇請你照應周家浚與周家寶，他們兩姊弟，自十二歲後，沒長大過。」

「爸，你會痊癒。」

「醫生亦有此憧憬，我會在本地就醫，但，醫好也成太監，做人還有什麼意思。」

章台被岳父氣得淚如泉湧，忽然明白周家浚的調皮來自何處。

「台子，你是我半子，請考慮辭工返我華興協助家浚，但我不想勉強。」

章台握住岳父雙手。

這些日子，老人瘦不少，雙手握拳像筆架山，諸人也沒發覺，太過慚愧。

「不要露出悲切樣子，你出去吧，我也累了。」

章台緩緩退出，在角落站很久，才敢見周家寶。

「說些什麼，為何兩個人都面紅耳赤。」

「斥周家浚盜取寶石，還花掉近二十萬美元。」

「是該罵。」

章台忐忑不安，一夜不寐。

翌日約周家浚見面，下午他出來，已剪了個平頭，穿着西服，他說：「今日起我回公司學習。」

章台黯然，想說「早該如此」，又出不了口，他已經受夠。

「好好的幹。」

「台子，你會幫我吧。」

「你明敏能幹，一點即明，一班忠心老臣子一定協助。」

「台子，有件事，我得向你透露。」

「我不擅保守秘密。」

「台子，有時我真討厭你。」

「好吧，説吧。」

「台子，父親告訴我，我與周家寶並非親生。」

章台一聽，剎時間聽不明白，臉上一個?號，周家浚沒有重複句子，用手掩臉，嗚咽。

章台掰開他手指，「什麼叫不是親生?」

「台子，我與周家寶自幼被周氏夫妻領養，他們一直沒説明白，我倆是華裔越南人，此事千真萬確，他出示領養證件與照片。」

章台激動不已，一時無法消化這項信息，「周老兩夫妻待你們如珠如寶！」

「我與周家寶是孖生子，襁褓被兒童院在門外撿拾，納入領養名單，周氏夫婦輪候多年，終於獲得通知，二人即時往胡志明市辦理手續，看到周家寶十分喜愛，院方說，還有一個同胞男孩，也希望一併領養，不致我倆分離。」

周家浚泣不成聲。

章台從未見過這個浪蕩子哭泣，心中惻然，他也終於遇到傷心事。

「我父不加考慮，即時答允加碼，把我也帶回本市，得到新生。台子，台子，這是大愛，我與周氏並無血緣，他們待我鍾愛包容忍耐如親子，我得悉真相慚愧至死，簡直活不下去，嗚嗚，若是親生倒也罷了，誰叫他們生下忤逆任性子，但，此際我無臉見爹娘。」

章台看過他們兩人在兒童院紀錄，小小照片中兩人一歲上下，五官同今日無甚分別，看樣子確是真事。

他鄭重說：「千萬不可讓周家寶知道。」

「我也這麼想，為什麼不早早告訴你們身世？」

「周先生說，拖着不忍心，後來，漸漸覺得就如親生一般，免得影響我倆心情與心理，直至他罹惡疾。」

「太意外了，無法接受，周家浚，為何告訴我？The burden of knowing，壓力影響我終身。」

「台子，你是我唯一朋友，不說出來，我會憋死。」

「你這可恨的人，到這種階段，才知回頭。」

「我知錯了，我不能辜負這對養父母，再胡作妄為，不好算人。」

「反而是親生父母則可繼續為所欲為？這是什麼理論。」

「當然，雙方都無處可逃。」

「你是怕被逐出周家吧。」

「我只想改過自新。」

周自新上班去。

周家寶嘖嘖稱奇，「他早上起得來」，「難道帶着酒瓶開會」，「有無迷暈女職員」……

都沒有，他每天準時上下班，跟老臣子學習，桌上文件堆積如山，逐一瞭解，廿九歲的他，到此時才知道家裏做的是何種生意：華興工廠設在內地，規模不大，但頗有名聲，生產十分神秘，是各種各樣螺絲釘，有些小得如眼鏡框螺絲，大的卻如手腕粗，不知用來鞏固何種機械；無論大小，品質測試嚴格之極，不能有絲毫差池。華興，並不知整件機器是什麼，也許是宇航器，也許，只是一隻電鍋。

周家浚跟隨各部門主管瞭解生產程序，很奇怪，章台發現他真有興趣，孜孜不倦，希望學習得越多越好。

周家寶說：「我兄弟是個神經病，忽作一百八十度轉彎，真嚇人，他有時睡在公司，第二早漱口又再做，全公司被他感動。」

章台不出聲。

他本打算向大學告一年假幫手，現在看來，完全不必。

三個月過去，這人照樣勤工，看來周家浚真的回頭是岸。

有次章台到辦公室看他，見他一身瀟灑皺麻西服，站着如玉樹臨風，皺眉與同事不知談論什麼，助手由原本心態頗有保留到今日十分服貼，完全看得出。

章台替周家浚高興。

周家寶對丈夫說：「此人徹底脫胎換骨，每晚回家陪父母吃飯，然後坐他們身邊，不說話，也讀電郵看書，到十時許才返回寓所，日日如此，連我做不到的事都做齊。」

章台心中明白。

「爸寫了一間獨立屋給我們，明日取門匙，我打算重新裝修，你有何建議。」

周家寶拖着孩子丈夫參觀新居，獨立小洋房後邊有袖珍泳池草地，卻已覺神清氣朗，孩子們最高興，跳躍不已，你追我逐。

周家寶吸一口新鮮空氣，「爸對我們沒話說。」

她問章台裝修意見。

章台說：「全髹白吧。」

周家寶說：「你的書房，照你意見，一大個白色盒子，連地板都漆白。」

意思是，別處還是得做到琳瑯滿目。

因為周家浚晚晚在家，他們也去得較多，不做什麼，只是團聚，人氣旺得多。

周父一連串治療並不見功，終於，瞞不住，告知周太太與周家寶。

母女很會演戲，當下只淡淡說：「病去如抽絲，只得慢慢醫。」

事後躲在房間抱頭痛哭。

周先生說：「採用最新雙重夾攻標靶治療，已不算痛苦，但也有放棄之意。」

章台把三個孩子叫進書房，「去，緊緊摟抱外公，不叫他鬆氣。」孩子們即時遵命，嘩嘩叫撲上，幾乎傾翻安樂椅。

愁眉百結的周先生笑出聲。

大家盡量照常生活，過一日算一日，在周老前對病情一字不提，漸漸背後也不討論。

如此一隻大白象在屋子中央徘徊，周家視而不見，真有涵養工夫。

周氏對兒子與女婿說：「不准淌淚抹眼，我這一生過得相當愉快，我沒有遺憾。」

大家都知道，他前半生彷彿還有幾個女朋友，其中最年輕那位不到三十歲，此刻大抵都已遭遣散。

周太太悄悄對女兒說：「到了這種階段，他們通常還是會覺得家裏最好。」

發生太多事，章台有點精神衰弱，一日在講室，突覺暈眩，叫學生自家看書做報告，他靠椅背休息，醒轉，已經下課。

俏麗女學生問：「章師，可要喚看護？」

她貼近他面孔，他可以看到她妙目裏的隱形鏡片，章台定定神，坐直。

女學生活潑離開課室。

整個課室似隨着章台身子轉動，叫他暈眩，但他卻看到一張美麗的面孔，不，不是周家寶，是蜜色皮膚不知名女子，清澈大眼晶亮地看牢他，腫嘴唇像一隻小小軟枕，想説話，卻又不説。

他再度閉上眼睛，原來一直沒有忘記該張小臉，在這種不恰當時刻，又想了起來。

終於，他站起離開課室。

醫生告訴他，那是壓力過高，欠缺休息，引起耳水失去平衡。

學着周老，他也不告訴妻子。

孩子們用樓梯扶手滑下爬上，很快練成高手，傭人則最開心有他們休憩及茶水間。

而章台，擁有一間十五乘十八呎的白色書齋。

編輯造訪看過，這樣說：「我有一間如此面海書房，我也寫小說。」

但是章台仍然寫不完結局。

編輯問：「可是孩子們太吵。」

章台答：「許多好學生坐街邊照顧報攤時在木箱上寫功課也考第一。」

「你是否那種超級學生呢。」

「真叫我氣餒。」

「可有想過開創另一個故事。」

「我沒有第二個故事。」

「那麼，或許你需要一次戀愛。」

「我已婚。」

「你生活太正常幸福，無風無浪，不利創作。」

「或許，應該知難而退，反正紙版印刷已到荼䕷。」

「可不是名正言順怪起社會來。」

這時傭人捧進茶點。

編輯又笑，「我是你，這麼享受，我也寫不出結局。」

章台不出聲。

這上下，家裏共一名廚子、兩名家務工人、一名保母、一名司機，連他都覺得不好意思。

「孩子們在哪裏讀書？」

「全部在加拿大國際學校，一車去一車回，省事。」

「看樣子你不打算訓練超級兒童。」

「你不知道封神榜中雷震子得到雙翅後痛哭失聲嗎？」

「沒人壓迫他們學些什麼？音樂、運動、字畫、特技？」

章台搖頭。

「啊，我想請你寫一本自由散漫快樂的育兒經。」

吃完點心，編輯問：「台子，你快樂嗎？」

台子誠心誠意回答：「此時此刻的我，倘若還說不快樂，雷公會放閃電劈死我。」

這時忽然有人推門進來，一邊嬌嗔地說：「台子你看這件旗袍是否改壞了。」

一個美人忽忽拉着袍角露出雪白大腿走近，一看有客，「啊」一聲閃走，在門外笑道：「對不起，我打擾了。」

編輯喃喃說：「是，你若再抱怨，雷公劈死你。」

他離去之後，章台在書房踱步，寫了幾行字，周家寶喚他一起接放學。

章台抱怨，「我本來可以成為著名作家，靈感統統叫你們趕走。」

周家寶啜啜親吻他的手，「對不起，大作家。」

原來三個孩子在校練美式足球，一身臭汗，頭髮貼額上，七嘴八舌談論戰績，連小兒也加入喧嘩，三人均童音未改，不過，一日，章台看到大兒在浴室學刮鬍髭。

這時，想把兒子們擁到膝上已是不可能的事了。

他們梳洗後到外公家吃龍蝦。

周老臉頰皮膚有點焦黑，心情不錯，吃了點蟹鉗肉，便去休息，小兒擠他身邊讀故事給他聽，沒多久，祖孫二人一起睡着。

周家浚輕輕說：「沒有孩子，這世界會沉淪。」

周家寶聲音更細，「你呢，你幾時結婚給爸添個可愛孫女。」

「我？」

「是，你，給爸沖沖喜。」

「周家寶你怎麼信這一套。」

周家寶黯然，「這種時刻不由你不信。」
章台說：「立時三刻，哪裏去找新娘。」
這時周母走近，周家浚問：「媽，我結婚好不好。」
周母一怔，「好呀好呀。」
誰呢，娶誰家女兒。
周家口味如此濃重，誰家女兒吃得消。
章台拉住他，「家浚，這與孝順無關，這是你終身幸福。」
周家浚嘻笑，「終身，誰同誰終身。」
他舊時梁山泊模樣又露出尾巴。
他在章台耳邊說幾句話。
章台不出聲。
「我不方便親自出馬。」
「知道。」

「為着痛惜周家寶，什麼都不要給她知曉。」

「明白。」

周家也不是沒有好消息，醫生說標靶治療湊效，家人略見笑容。

章台受周家浚之託，造訪小郭偵探。

小郭見他倒抽冷氣，「又是你家。」彷彿不歡迎客戶。

章台再好脾氣也不禁啼笑皆非。

漂亮女助手解圍，「章先生坐下慢慢談。」

章台坐下，喝杯香醇咖啡。

他盡量簡單地說：「尋人。」

出示那兩個小孩的領養證件。

小郭仔細閱讀，「嗯，一男一女，今年應廿七八歲左右，在教會兒童院名叫彼德及馬大，領養人名——」小郭怔住，靜靜抬頭。

章台輕輕說：「這是天大秘密。」

「你要找的人，近在眼前。」

「當事人要找的，是他生物父母。」

小郭吟哦，「一定要找嗎？」

「我猜這是他的意願。」

「聽說他已回華興工作，整整兩個月，準時上下班，比誰都辛勞，外人嘖嘖稱奇，覺得是奇蹟，今日你來到，我才知他對養父母忤逆內疚的緣故。」

章台不出聲。

「章兄你好好一個人，為何老做他跑腿。」

「小郭，講話要有分寸，切勿近之則不遜。」

「周家幸虧有你這半子。」

章台取出一隻信封推過去，「交給你了。」

小郭一向乾脆，他這樣說：「章兄，同那一位先生說，路途遙遠，需跨國調查，該地神經仍然敏感，四圍打探不獲好感，況且，前半生無知無覺做人多麼開心，何必此時此刻自尋煩惱，不查也罷。」

「聽說你勸每個客戶回頭是岸。」

「當然，不知道的話不會痛苦，有時間不如鑽研『弦繩論』或『蟲洞之秘』。都過去了，他的親生父母當年自然有苦難言，逼不得已，就算生存，年事已高，環境一定沒可能比周氏優渥，我們活着做每件事，最好有一個目的，周家浚目的為何。」

「求知。」

「廢話，此人不學無術，長期浪蕩，今日約是恐懼周氏萬一辭世不留遺產給他，故要查清查楚。」

「家浚雖然放肆，本性善良。」

「你過度天真，眼中沒有壞人。」

章台不語。

「我拒絕這宗個案。」

「小郭，拜託你隨意到該市走一趟，寫個報告，只說找不到任何有關人士。」

「那會影響本社聲譽。」

章台嘴巴也尖刻起來，「你又不是哪一國的問責官員。」

小郭終於說：「先要檢驗周家浚的遺傳因子。」

「你懷疑他並非純種華裔。」

「他的臉相輪廓比較顯突，性格無比散漫。」

「你懷疑他是大兵之子。」

「年齡上看，應是大兵之孫，約四分一或八分一哥加索血統，以上，純屬猜測。」

「我倆將此事瞞着周家寶，你意見如何。」

小郭想一想，「章兒，你那三個兒子，可能也是混血兒。」

章台忽然有感而發，「不管他們血統如何，將來取向是否有異，一生都是我的孩子。」

小郭看着他，「章台，你真是個好人。」

「嘿，別説得太早。」

「這倒是，人有早熟遲熟。」

小郭終於收下支票。

他下指引，教章台如何收集證據樣本，一共十二名大小人口牽涉在內，安全起見，樣板會分析兩次，一在美國，另一在本市。

章台給周家浚一個電話，「辦妥。」

「小郭這人討厭。」

「他也那麼説你。」

奇是奇在兩個人都相當可靠，説話算數。

章氏夫妻追兒子回家吃飯。

這段時刻的確疏忽了該對長輩，做人不能厚此薄彼。

他把孩子帶身邊。

周家寶說：「我正好趁這回子空去理髮做按摩。」

孩子們跟祖父學下圍棋，章太太把兒子拉一旁，有話說。

章台打趣母親，微微笑，「周家寶不打算添女兒。」

「不是那個，我們聽說周先生患重病。」

「正在醫治。」

「你為何不早說。」

「我們也是剛知道，你的消息好不靈通。」

「外邊傳得很厲害，聽說已不能言語。」

「真離譜。」

章台出示電話裏照片，是孩子們與周老言笑情況。

章母鬆口氣，輕輕問：「他的後事安排妥沒有？」

章台知道母親關心的是他。

「岳父一早有數：華興公司一定屬於周家浚，這幾個月他已回辦公室學習，周家寶對業務毫無興趣，岳父已贈房屋股票，生活必無問題。」

「那你呢，台子。」

「我？我有工作，我繼續教書及寫作。」

章母問：「創作進展如何？」

「最近事忙。」

「幸虧我們章家也還有點積蓄——」

「敬愛的母親，動輒講到這些，真叫兒子氣餒。」

「可是不得不說呀，」章母嘆氣，「昔日笑談，已到眼前，我只慶幸不是那種凡事向子女討要的老人。」

「媽我萬幸也不是那種虐老勒索父母金錢的兒子。」

母子四手握住，十分感恩。

章台告辭，到另一對長輩家中探訪。

兒子們自然跟着他走。

章台把下巴擱在小兒頭頂，可憐的孩子，身世跟着他們的母親也離奇起來。

岳父在家中理髮，岳母說：「孩子們也順帶剪一剪。」

章台把各人頭髮樣板收起，放乾淨信封內寫上名字。

一會周家寶也到了，頭髮剪短，方便打理，他也向她要一束。

「這是幹什麼？」

「紀念。」

周家寶回憶：「大學時有一個男同學，每次女友前來度宿，他都把她枕上留下長髮夾在字典裏，十分旖旎。」

「後來呢，可有成為恩愛夫妻。」

「後來那女子另嫁，他也別娶。」

「他會記得那絲絲長髮否？」

「不知道。」

周家寶這時忽然緊緊抱住章台，「我永遠愛你。」

「我也是。」

「把整句說出。」

「章台永愛周家寶。」

這剎那間柔情，會照亮他倆的回憶。

一日，周老取出兩隻考究紅木盒子，打開，裏邊放的都是名貴手錶。

章台看一眼，絲毫興趣也無。

「台子，過來挑幾隻將來給兒子佩戴。」

章台自己一向戴價值三十元大力錶，不知多管用，岳父也知他脾氣，「這隻不鑲鑽，你拿着。」

全黃金，怕足一磅重，章台駭笑。

還是周家寶大方，上前挑了五枚，有一隻錶面充滿會活動碎鑽，猶如繁星，她戴自己手上。

這時周家浚也回來了，只看一眼，並無走近。

他帶着大量文件往書房閱讀，大聲叫傭人給他做豬排飯。

周老苦笑，「奇怪，珍寶無人要。」

周家浚在書房提高聲音喊話：「公司部門員工勞苦功高，過年捐出抽獎最好。」

周家浚轉性。

周家寶附和：「講得不錯。」

章台忍不住說：「爸用得着的時候還長着呢，請快收起。」

周太太說：「台子這枚白金薄身最適合你用。」

這時周家浚探出頭，「我十八歲就看中它，不准給台子。」

周家寶笑着嘆氣，「果然，爭起身家來。」

氣氛熱烈，不外是要惹老人一笑。

最小兒子最有趣，戴着名貴陀飛輪腕錶，指向哥哥，大聲喊：「時光轉移！」

只是，那是人工時光機械，與上天所訂時光空間不一樣，時間，並回不了頭。

章台感慨，「這裏兩枚柏德菲麗，已屬古董，該廠高價回收放進收藏館。」

周家寶輕輕說：「都是身外物。」

章台睡不着半夜起身到書桌前整理舊稿。

他搥胸，「讓我寫好些，讓我寫好些！」

他也不知道這是否祈禱。

過幾日，他看見周家浚把大量本市彩色社交新聞刊物放周太太面前，打開逐頁仔細觀察。

「幹什麼」，「選媳」，「嗄？」

刊物裏佈滿名媛影星彩照，周家浚說：「母親大人相中哪個我便追哪個。」

口氣之豪之嗆，叫章台笑得直不起腰。

周家寶問：「你一定追到？」

周家浚但笑不語。

「別把話說滿了。」

那麼多雜誌從頭翻到尾，周太太輕輕說：「齊大非偶，均不宜高攀。」

那是有修養之人說的話，指「沒有一個看得中」。

周家寶問：「有沒有面孔沒有做過的美女。」

周老不假思索答：「夏萝。」

周太太說：「美容五官也無所謂，可是做得不像人類面孔，未免過份，雙眼何需那樣大，鼻子與下巴為何那般瘦削，俗云男看天庭，女看地角，頰角都沒了，福份驟減。」

章台插不上嘴。

周老說：「態度囂張驕矜炫誇最難堪。」

周家寶忽然緊張，「爸，我有否那般矯情？」

周老憐惜地說：「家寶除出笨，什麼都好。」

大家又笑。

過幾日，在新聞片裏看到一個女子，周太太說：「看，這位小姐多端莊秀麗。」

周家浚一看，「媽，那是行政司長，已婚，子女在英留學。」

周太太嘀咕，「怪不得年紀好像是大一點。」

周母的思維空間被選媳事件佔據，愁眉苦臉消除一半。

殷律師說：「周家浚聲東擊西。」

周家寶問：「舍弟可真的有意成婚？」

「聽說他頻頻約見各個未婚名媛。」

「有幾個打扮俗得猶如上世紀五十年代粵語電影裏女角。」

「這話有歧視成份。」

「聽說此刻的華裔純真美女大學生聚集溫哥華。」

「周家浚不過想討母親歡喜。」

「遲總好過沒有。」

「我最看不慣年輕女性塗黑色指甲油，只有死人指甲才發黑，還有那七吋高花盆底鞋……」

「做你媳婦也一定甚艱難。」

「不過，最怕毫無經濟能力的時髦女，什麼都攤大手掌問男方索取。」

周家寶沮喪，「我也沒有收入。」

「你有一頭好娘家支撐。」

「爸媽都老了。」

「還有三個兒子。」

「他們才是十足十賠錢貨，估計三個大學費用超過千萬。」

「他們父親許會成為收入驚人暢銷小說作家。」

「是，是，人會變月會圓。」

「噓，這話不能讓台子聽到。」

「寫得那樣痛苦，真叫為妻的心疼。」

「這些年也難為他豁達，家裏開銷大，全不靠他收入。」

輪到周家寶說：「噓，這話不能叫台子聽見。」

好夫妻也彼此都有事瞞着對方。

下課後章台留講室改學生筆記。

收到電話，小郭說：「我就在學校門口，可進來一談否。」

真奇怪，怎麼挑這個地方。

小郭五短身段，其貌不揚，毫不起眼，見過他十次也不會記得，真人不露相，只有一對閃亮智慧眼睛，不經意時會出賣他。

「向你報告調查結果。」

這麼快有結果？章台掩上課室門。

他忽然說：「大學真好環境。」

「算是濁世的世外桃源。」

「章台，周家浚與周家寶，查實並非周氏夫妻任何一人親生。」

他出示一大疊檢驗報告，「兩人屬異卵雙胞，同一父母所生，母親有四分一哥加索血統，其餘屬亞裔，這裏與這裏指標，均是鐵證。」

章台無法出聲。

「你的三個男孩，均你親生。」

章台啼笑皆非，「謝謝你。」

「但有他們生母遺傳。」

小郭吁出一口氣，「這兩份報告交給你了。」

「喂，你還需往當地——」

小郭搖頭，「都廿一世紀了，祖宗牌位源始哪個方向有何干係，努力活在今天要緊。」

「我有同感，但計較的那人不是我。」

「是周家浚先生吧，勸勸他。」

「他想知道自身出處。」

「我看不是，他想確定遺產承繼權。」

「周老已把華興工業股權寫給他。」

「那他應當放心，周家寶不會與他爭，你又是好人，不過，三個外孫，將來承繼何物？」

「我那未完成的小說。」

小郭說：「很好，和為貴，家和萬事興。」

這時窗外草地飛來一群不知名小鳥，鳴聲恁地悅耳。

小郭又說：「大學好環境。」

他告辭，可是，周家浚已在課室門外出現。

他拱手，「小郭，請你繼續查證。」

小郭意外，「您怎麼來了，是章台知會你？台子，你比我想像中狡猾。」

章台說：「你們慢慢談，我到草地走走。」

他才掩上門，有人走近推門。

他阻止，「對不起，我有兩個學生在裏邊留堂。」

那女子笑，「犯什麼錯？」

「上課傳紙條。」

女子笑得更厲害。

章台見是陌生清秀面孔，「我是電工系章台。」

「我是英國文學系趙仰。」

「你好，大家好。」

不知恁地，她沒有即時離去的意思。

章台說：「他們也許還需要十五分鐘。」

「不要緊，我可以等一等。」

不久，她的學生陸續走到課室門口。

章台不好意思，「我催一催他們。」

「不急。」

「今天這一堂與學生討論什麼。」

「英十八世紀言情小說名作家對男尊女卑觀感。」

啊，好題目，他也許用得着。

這時，小郭與周家浚開門走出。

幾個女學生看到周家浚目不轉睛，吸大氣。

周家浚今日也太英俊了一點，頭髮略長鬈曲，西服緊貼身子，顯露肌肉，神情傷感，落寞之際，還禮貌向女生們說「借過」，走路姿勢都比別人好看。

章台跟上，向趙仰說「再會」。

女生紛紛說：「是章老師的朋友」，「都像玉樹臨風呢」……

周家浚與小郭似有默契。

章台問：「他答允了。」

周家浚點頭，「小郭終於明白，不查清真相，我無法向前走。」

「大家都以為你不會計較。」

「我自己都錯愕意外。」

回到家，章台攤開電腦，打下「假設」兩字。

這時，小兒掛到他肩上，他照做筆記。

周家寶進來，「小弟，下來，爸爸要寫作，都是你們，擾亂他文思。」

小兒抱着章台的頭，笑嘻嘻不願放下。

保母進來拎走他。

周家寶問：「『假設』什麼？」

「假設我倆不是早婚，假設周家不是那麼富裕，假設岳父的病日趨嚴重……」

周家寶吁口氣，「幸虧都是假設，我不妨礙你創作。」

這時保母奔進，「太太，大弟在學校樓梯被人推下頭部着地，流血不止，已送往靈糧醫院急症室！」

夫妻倆丟下一切火燒般趕往醫院。

所有假設中斷。

沒想到那推人的同學與家長比他們更先到。

兩夫妻不予理睬，忙着看視大兒，醫生已替他止血，正開始縫針，平時充老大哥的大兒看到父母不禁嗚咽。

校務主任前來調解。

周家寶氣忿：「我們不接受道歉。」

大兒卻說：「母親，實是意外。」

醫生說：「二樓摔下，可大可小。」

章台看到對方母親哭得比周家寶還厲害，不知說什麼才好。

他坐在長櫈上，忽然遐思。

假設，他找到一個像銀梳灣那樣沙灘，不回來了，天天坐白沙上構思小說大綱，會否有意外之喜。

他用雙手掩住臉，深深嘆氣。

林林總總家務煩事纏身，糟蹋寶貴光陰，十年就如此過去，再過十年，未必脱得了身。

校務主任忽然説：「章先生，有同學拍攝到意外過程，確是無心之失。」

電話小小熒幕顯示兩個男生在圍欄你追我逐，忽然周兒右腳被雜物絆住，往樓下跌落，同學想拉他沒拉住，驟眼看似想推。

章台看後意稍平。

「兩人在不應玩耍地方追逐，各記大過。」

周兒額角縫妥針，像一條蜈蚣，出來與同學握手。

他們倒是先和解。

章氏夫婦只得靜靜把兒子領回家。

這還不是教誨任何人的時間，夫婦默默無言，倒是大兒，前來道歉，嚅嚅悔過。

周家寶說：「你是弟弟榜樣——」講不下去。

大家都沒胃口，早早休息。

半夜章台醒轉，像是聽見銀梳灣浪聲，他走到電腦前，悄悄把「假設」兩字刪除。

小郭邀章台一起到越南。

章台說：「人家會誤會，你與周家浚同往才對，他未婚。」

「要不三人一起，全男班。」

「我沒有興趣。」

「我已託人做先鋒，查到那間慈恩護幼院仍在，由新一代教會人士接辦，一切恢復正常，戰爭像沒發生過，人類自然療傷本領可真不低，此刻觀光客數目最多是美人，熱衷參觀當年敵人所挖地道，世事往往比現實荒謬。」
「越南本是魚米之鄉，一年稻米收成竟可達兩季之多，越女婀娜，山明水秀。」
「一起去走一趟如何。」
「小郭你如此堅持，必有原因。」
「章台，我怕周家浚激動，我不好控制他。」
章台想一想，「我只能告三天假。」
「也許你這好心人會找到創作新靈感。」
免家人疑心，只說往新加坡談生意。
周家寶問：「你與周家浚一起？最近你倆越走越近，家裏同時兩個男人走開，有事怎辦。」
不料大兒這時輕輕說：「媽，有我。」
周家寶忽然鼻酸，「怪不得古人喜生男丁。」

「別看小自己。」

周家寶問殷律師：「你可知他倆鬼鬼祟祟為什麼事。」

「他倆眉梢眼角，可有露出喜不自禁模樣。」

「相反，像是滿懷心事。」

「那你放心，泰半是處理蹊蹺公事，不得不去，絕非享樂。」

「你雖未婚，殷師，對男人心理倒有瞭解。」

殷律師打哈哈。

章台這半子也夠忙的。

周家浚又換回破牛仔褲，架着墨鏡的他看上去總像哪個男明星，女性服務員對他特別關懷。

一路上他非常沉默。

食宿均由小郭安排，其餘兩人真似觀光客。

章台從未到過該地，風景之秀麗，叫他訝異。市面上多自行車，鈴聲叮叮，轉彎抹角搶前，十分有趣。

自行車這種交通工具，命運奇特，進步中國家滿街可見，漸漸，比較講究速度了，改用大量機車，快是快一點，可是濃煙污染空氣，再過一陣子，被房車代替，造成更多霧霾，於是，最新進國家似北歐，又再大量啟用自行車，實行環保。

該地女郎們多數穿洋裝，少見傳統長袍襯長褲，街角，尚餘華裔寺廟。

小郭老實不客氣大吃鮮美越菜，「是法人與華人食譜結晶」，他說。

周家浚是玩星下凡，自然諳流利交際法語，聽他說來，異常動聽，法語發音急促，說完了猶似欲語還休，他的女性聽眾抬頭等待下文。

有人找小郭，商議半晌——「護幼院遭遇火災，紀錄已全失。」「但據郭先生文件版本，驗明是真證，當年肯定是有彼德與馬大這兩個孩子，被周氏夫婦領養。」

他們由那人陪同往護幼院參觀，房舍簡陋，但打掃清潔，孩子由一歲到十歲不等，均畏羞有禮，見到生人，並無一湧而上抱住大腿那種事。

他們看到最奇特的建築，兒童宿舍離地數尺避蛇蟲鼠蟻，本應用木杆撐高，這時，用的是尖椎形金屬裝置，章台伸手敲一敲，金屬堅固，又不長銹，真是建築好材料，如此先進，不應是復元中國家所有。

小郭輕輕說：「你猜不到這些支撐杆從前是何物，它們前生是美軍擲下炸彈殼，今日廢物利用。」

章台驚駭得說不出話。

小郭說下去：「看到遠處那魚塘嗎，那是炸彈坑。」

嘩，外人對這種生命力敬佩到五體投地，周家浚捐出一筆款子給兒童院。

第二早，他們的吉普車向鄉間出發。

一路上都是稻田，農民戴△帽，彎腰在田裏工作。

司機與嚮導捧上荷葉包裹的鮮蝦五穀飯，還有綠茶及甘蔗汁解渴。

章台感慨萬千，一簞食，一瓢飲，其實足夠，人類，為何慾望無窮。

路上不乏遊客，一個美籍染金髮女子向同伴洋洋發表意見：「你別看他們文明落後，照樣自給自足。」

一路上沉默的周家浚忽然揚聲：「敬愛的女士，他們的文明，不是落後文明，只是另一種文明，與你們的物質至上文化有異而已。」

洋婦瞪大眼，看着周家浚英俊面孔出不了聲。

他們把吉普車駛走。

導遊忽然說：「謝謝你，周先生。」

周家浚只點點頭。

他們在農家民宿休憩。

「還沒看到？」

「近河內華人聚居小鎮，華文叫新寧。」

周家浚的嘴更像縫上似不發一聲。

農家設備頗佳，但沒有訊號塔，也不能上網，章台卻不擔心，周家寶那邊滾滾紅塵，晃眼整天過去，不會太掛念丈夫。

黃昏，吃完農家河粉麵，不見周家浚。

找一找，他坐在後園乘涼，真可笑，懷裏抱一隻母雞，身邊坐一小小女孩，才三兩歲模樣，不知恁地，二人似已成朋友。

章台不去驚動他倆。

後園一角，用一塊布簾遮住，啊，有人在布後沖身，換句話說，周家浚在看女孩洗澡。

布後隱約窕細身形，大約是因大庭廣眾，女孩們和衣沖身，嘻嘻笑，不介意，姿勢曼妙。

章台也呆呆注視，薄薄濕衣外，纖毫分明。

怪不到這周家浚從前，不久之前，長期流浪外邊。

周家浚輕輕說：「不想走了可是。」

章台不敢出聲。

「保證你半年可完成巨著。」

「別再引誘我。」

女孩們嬉笑着奔向屋內。

屋主替客人點燃蚊香，放下帳子。

「小郭呢。」

「蛇有蛇路，鼠有鼠路。」

周家浚還是不喜歡他。

「可有設想，他們是怎麼樣的一家人。」

「劫後餘生，勇往直前的英勇人。」

「你有他們遺傳。」

「但願如此。」

「會哭嗎。」

「我想不，那種戲劇化反應，只有在小說或電影中出現。」

「你會說什麼呢？」

「無言。」

章台說：「也不必即時表露身份，免得驚動他們。」

第二早，吉普車旁靠打扮艷麗女子，與司機及導遊搭訕，前半身伸進車窗，噥噥細語。

小郭高聲說：「出發了。」

女子們沒趣退開，揮手道別。

周家浚不捨得放下那隻母雞。

小郭瞪他一眼，把雞一拋，牠拍着翅膀飛走。

這次，路程才個多小時。

車子停在五顏六色有霓虹光管及螢光漆招牌的小路前，小店林立，有可樂廣告圓牌，與前些時候風光不同，小郭先下車，與導遊前去打探。

司機買來當地特製啤酒，意外十分冰凍，當然，價錢不便宜。

章台讚味道奇佳。

兩人下車走近店家。

小郭輕輕說：「你會奇怪有多少外人前來尋親。」

戰亂時期不知失散多少親眷。

嘀咕半晌，小郭取出美鈔買下大堆土產，包括民族服裝帽子之類。

店主是中年婦女，走近仔細看周家浚五官，忽然說幾句話。

只見導遊歡喜，轉頭說：「她說，前邊有農村一家姓林人氏子女，相貌頗像周先生。」

章台首先緊張，「快去。」

小郭問：「他們幹什麼？」

「養豬。」

大家倒抽一口冷氣。

未見豬場，先聞豬味，中人若暈，各人紛紛用手巾蒙鼻，只有周家浚覺得那樣做無禮，第一個大膽踏近。

嗅覺這件事，會得自動保護肉身，一會兒就失去感覺，久入鮑魚之肆，不覺其臭。

有人抬頭，問來者何人，何事。

那個年輕人，一看，濃眉大眼，便知是混血兒，他見到周家浚，也是一怔。

兩人竟有三分相似。

小郭衝口而出：「同輩，可能同一個外婆。」

那年輕人又髒又粗，穿黑高靴黑長手套，連忙用清水洗滌。

他端出長櫈，招呼人客，友善有禮。

大家坐下喝茶，小郭送上剛才買的啤酒。

只有周家浚一人走近豬欄。

章台看到奇景：一隻龐大巨型黑母豬，躺地下，十多隻小豬爭先恐後撲上搶乳，有些被兄弟擠下，嗚嗚叫，小豬出乎意料可愛，尾巴捲圈，一點不討厭。

那邊小郭叫章台：「來看照片。」

這時林氏家人都出來見客，有舊照，黑白夾彩色。

「他們也在尋人，尋的是林蘆氏，今年四十九歲，失蹤已近三十年，是這位大嬸的親妹。」

那大嬸臉容粗糙，平扁臉，她指着照片中一個女子，「我妹妹。」

相中人面孔雖然只有指甲大小，也看出秀麗過人。

周家浚拿着照片凝視，不出聲。

有人問：「你們可有她的消息。」

小郭搖頭，說了幾句。

「林蘆氏十多歲隻身前往城市打工，一直沒有音訊，」嘆口長氣，「村間許多年輕女子命運相同，有些聽講去了美國。」

「沒派人尋找？」

「一村走了好幾十個，怎麼找，聽講城內一間酒吧數百個少女打工。」

「一封信也未曾寄返？我們可出高價。」

「當年根本沒有郵務到此。」

林氏老中青三代都走出看熱鬧。

周家浚也呆呆注視他們。

眾人營養健康都不差，衣着自然簡單，赤足或穿膠鞋，笑嘻嘻，友善有禮，自給自足，他們有他們的文明，全天然，無虛假添加。

小郭說：「他們請我們吃了飯再走。」

一個少女已動手殺雞去了。

周家浚點頭。

何以為報呢。

小郭叫司機嚮導除下脖子上金項鏈放下，豬農一家婉拒，他們把項鏈戴到孩子身上。

周家浚一直沒說過一個字。

菜式上桌，那隻雞肚子塞滿各種野菇菌，鮮味到不能形容，看樣子林氏之中有好廚子。

他們又收拾大包菜蔬給司機帶回。

周家浚逐一擁抱林氏孩童。

章台輕輕說：「家裏還有三個外甥。」

周家浚點頭。

他們離去，殺雞少女一直送至路口。

農村長大的她純樸天真，笑容甜美，向客人揮手。

可以想像，林蘆氏當年離家，也是這般模樣。

上車，半路，周家浚落淚。

他終於到了傷心處。

像朝聖的人一樣，千里迢迢，追隨天邊那顆明星，走過沙漠，去到城鎮，來到馬槽，看到了，印證後，回去？再也回不去了。

那記憶刻蝕在心裏腦底，永誌不忘，周家浚變成另外一個人。

上飛機的時間已近，找不到小郭。

酒店服務員笑着指指酒吧間。

這麼早，酒吧已開始營業？

他們上前，看到酒館內有人收拾拖地，小郭他坐在酒吧後，下巴枕在雙臂之上，微微笑，聚精會神，向前注視。

章台一看，也不禁呆住。

不遠之處，站着一個少女，窈窕身段，烏黑直長髮近腰，穿洋裙，纖腰只有一握，她正隨音樂起舞，舉高雙臂，十指輕輕打圈，臀圍款擺，只左右微微移動一兩寸，不用心還真看不出。

最吸引是她半瞇着眼自我陶醉之情，啊這是真正懂得享受音樂的人，樂聲是老藍眼的舊歌《你已鑽到我皮子之下》。

章台看得呆醉，不想回去了。

再回轉也不是先前那個人。

倒是周家浚提高聲音：「該走了。」

多日沒聽到他的聲音，感覺良好。

他們與家人聯絡，恍如隔世。

小郭重賞導遊與司機，周家浚再添小費。

章台雖已淋浴洗刷，但老覺身上仍有豬味。

周家浚説：「我先回公司處理事務。」

章台決定先回家。

他指的是自己父母家。

進門紅着雙眼笑，在自家少時小床上睡死死。

醒轉霸着浴間使用整個小時。

這才發覺，城市空氣略有涼意。

吃過飯才回到周家寶身邊。

家裏喧嘩，大兒邀請同學們回家游泳燒烤，滿屋都是泳裝少男少女，看到豐富食物哇哇聲，周家寶做事越發誇張，她聘請救生員巡視泳池，這一鬧，不知要幾時結束。

周家寶迎出，見丈夫爖着臉，「怎麼，生意談不攏？」

「還好。」

周家寶忙着招呼同學家長，丟下丈夫。

章台躲進書房，偏偏長窗對牢泳池，避無可避。

得到大屋，失去了家。

這時，幸好周家浚到了，手裏捧着食物，章台以為是燒烤的豬牛羊，先打飽嗝，看仔細，才知是白粥與醬瓜，連忙搶過喝一口。

周家浚說：「我坐立不安，故此找你說話，沒想到府上嘈吵像戲院散場。」

「這原本是他們外公所贈房子，他們才是主人，我不過託他們的福借住。」

「姐夫，為何妄自菲薄。」

章台想說：在人簷下過，焉得不低頭，又忍回去，氣餒無益。

「章台，你說整件事，是否小郭自導自演聘請臨記做的一台戲。」

「不像是做，一路走去，細節一點不差。」

「那些，真是我親人。」

「你不願知道他們是豬農，但妒忌他們過著無欲則剛的生活，不過你卻做不到，你我生在城市，活在城市，誠屬物質奴隸，況且，已經進化得不像地球原住民：連空氣都最好人造。」

「還會遠嗎，食水已經罐裝瓶裝。」

章台站到窗前，看到救生員正教孩子們水裏救生活動。

說得一點不錯，他只是這幢宅子的人客。

「家浚，你不打算認宗，情有可原。」

「這麼說，我應慶幸當年被遺棄在孤兒院門外。」

「這是你說的，一個人，其實不能控制自身命運，也許，注定你要成為一間公司承繼人。」

「周氏夫婦的養育之恩必須報答。」

章台點頭。

「可否除出頷首之外還有些中肯意見。」

章台嘆息：「我自身也在三岔路上。」

「你？」

「是否在這間屋裏一直發揮輔助作用，抑或尋找真正自我。」

「小說寫成怎樣。」

「不要再提，已進入『自家笨，埋怨刀鈍』階段。」

「太遲了，你已快兒孫滿堂。」

「家浚，我沒有話說，我只能講，你放蕩十年，已經足夠享受，也是改變生活狀況的時候，你已完成尋根旅程，告一段落，忘記過去，不管出身如何，此刻你是富家子，你需擔起周家。」

周家浚點頭，「你是我唯一朋友。」

這時，有兩個少女，嘻哈穿過書房，在地板留下一個個濕腳印，奔回泳池，周家浚視若無睹，看樣子，他對酒色財氣，真正厭倦。

他想起，「啊，還有一件事，我答允爸媽早些結婚。」

「可是有對象？」

「你看你一臉驚懼，不，不是她們，你記得趙仰你的女同事嗎。」

「啊，書卷氣十足，笑容有點調皮那位。」

「可是你女友？」

「喂，」章台嚇一跳，「我已婚，妻子是你姐姐！」

「這種事，與已婚未婚有何關係。」

「我們純是同事，第一次見面，你也在場。」

「說明白沒事，君子不奪人之所好。」

章台心底悄悄想，趙仰雖然精緻，卻不是他喜歡那一類型。

「我打算追求她，希望半年見效。」

「這麼快？」

「其實，三月足可見真情，那種拖拉至三五七年甚至十年還猶疑不決的冷開水情侶，真是誤人誤己。」

「我一直覺得當年沒與周家寶考慮周詳。」

「我卻覺得你們那般最妥。」

「趙仰會接受你嗎？」

周家浚只是笑。

泳池少年群漸漸散去。

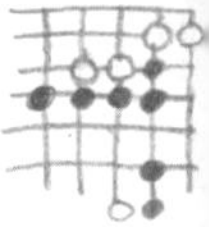

「到爸媽家陪老父下棋。」

「周家浚，為什麼老是不讓老人贏？」

「為顧全他自尊，他一定不喜歡我們故意承讓。」

周家浚聰明。

章台不爭氣，竟在岳家沙發上盹着。

朦朧間聽見岳母說：「幸虧家中有這兩個俊男。」

接着一段日子，章台所有空餘時間都用來陪伴家人：岳父進出醫院，岳母裝修廚房，孩子們各類活動比賽必須列席，還有自家爸媽出門旅遊，目的地挑來挑去，遲疑不已，最後去阿拉斯加看冰川……

章台只見過一次小郭。

他把剩餘費用付清。

見面地點是脱衣舞酒吧，叫「5%成功率」。

有點猥瑣的小郭說：「對不起，把冰清玉潔的你叫到這種地方。」

章台大開眼界，夜燈初上，酒吧已擠滿客人，紅舞女一上台，紛紛把鈔票擲上，不一會，舞台上鋪滿鈔票，厚厚吋餘，像地毯一般，蔚為奇觀。

啊，這麼多寂寞的人，都自何處而來，在此浪擲大好時光。

小郭像是知道他想什麼，笑出聲。

他說：「不久，我會暫時結業，往越南一行，我會介紹可靠的行家給你，你們周家，特喜聘用私家偵探。」

「為何故地重遊？」

「男子只有兩個企圖，不是為財，便是為色。」

章台一怔，忽然想起那長髮披肩輕輕款擺腰臀的俏麗女，因她嗎。

「你記起了——」小郭高興，「我雖不如你與周家浚英俊軒昂，但，我有我的優點，我決定與那愛音樂女子共度春夏兩季。」

「她總有個名字吧。」

「當然，她叫冧，冧酒的冧。」

是的，她神情的確醉人。

「你呢，章先生，你可以開小差否？」

章台拍他肩膀，「祝你好運。」

小郭可會成功？也許有5%機會。

不過，一個人追求快樂是很正常的事。

章台離開酒吧。

最近他老是睡不好，半醒半滅，耳邊有雜聲，隱隱約約似有兩幫人在房門外吵架，繼而角力，像煞一邊是魔鬼與他的爪牙，另一邊是要保護他的天使，雙方勢均力敵。

終於掙扎醒轉，跌跌撞撞走到房門外，卻一片寧靜，完全沒有異樣。

他走到小起坐間喝啤酒，不想吵醒周家寶。

一天到夜，她也夠累，夫妻同房，但分開兩張床，這是折衷方法，以便好好休息，不過身邊還是有個人窸窸窣窣，醒轉極難像廿多歲那時轉個身又睡着。

少年夫妻，纏在一塊睡，雙方手臂老被壓得麻痹，可愛肉嘟嘟的周家寶，他喜歡撥開她頭髮輕輕擰她面頰。

生養後反而努力節食瘦落，孩子日夜哭鬧，叫他們疲累，晚上與保母輪流哄撮餵奶，好容易止哭睡到天亮，下一個又出世，又再有下一名，老人家高興得笑不攏嘴，兩夫妻苦不堪言。

少年時，周家寶特別愛嬌，他記得穿運動衣的她追上，「章台子，章台子，等等我。」

世上沒有不漂亮的十七歲，周家寶環境優渥，打扮入時，章氏夫妻非常喜愛她，「你寵着家寶些」，章母叮囑。

於是，他會蹲下替她綁鞋帶，揹她上樓梯……

正想往事，周家寶醒來，找丈夫，走到他身邊，「請問你猷猷地坐着想什麼？」

「想你。」

周家寶撫摸丈夫顏臉，「傻人，我就在你身邊。」

兩夫妻擠着一張安樂椅坐。

「我們多久沒親熱了，簡直沒有夫妻生活。」

章台埋頭在妻子胸前，還來不及享受溫馨，忽然有人啪一聲開亮頂燈：

「爸媽，你們在做什麼？」

是小兒起床找水喝。

章台連忙站起，「爸給你倒。」

這時，天已經微亮，一天又開始。

自課室出來，有人叫住章台。

他覺得聲音清脆動聽，有點熟悉，轉身，原來是趙仰。

他有禮招呼：「好嗎。」

「有時間說幾句話否？」

「可以，如不介意，到公園一坐。」

趙仰不喜轉彎抹角，她開口便說：「周家浚是你妻弟。」

章台微笑，原來是為着周家浚。

想必他已開始追求她。

章台聯想到生物紀錄片中招搖的雄性動物盡其所能在雌性同類前展露最漂亮一面，求偶，是所有生物生存目的。

「你怎麼看他？」

「家浚？我對他印象奇佳，我倆像兄弟般相處十餘年。」

「他與你是極端相反性格的人。」

「你觀察力強勁。」

「那樣漂亮的男子，你不覺得他礙眼？」

章台忽然活潑，「我本身也不難看呀。」

「是，你倆站一起，無分彼此。」

「稍遜周家浚，他這人，古人形容過：『從頭看到腳，風流往下落，從腳看到頭，風流往上流。』」

趙仰微笑，「每天下課，他在校門口等我，已有個多星期。」

「我們下課時間每日不同，他煞費心思。」

「我也那樣想。」

「你可有感動？」

「有呀，那樣英軒男子，穿着麻布西服，專心靠圍欄等人，路人為之側目，見到我，他微微笑，露出左頰淺淺酒窩，迎上招呼，手上拿幾支將謝的無名花朵，像是站了許久，我感動呀，只是，他意圖如何，你可知道？」

「我豈可洩露他的意圖。」

趙仰大笑，「那你是知道的了。」

「他想結婚。」

趙仰一怔，噤聲。

章台攤攤手，「他也擔心，誰會嫁他那樣一個男子，那女子需要極大自信與膽量。」

趙仰輕輕回答：「是，男人是一種不可思議族類，他們構造、心理，要求，與女性完全不一樣，結婚，不過是合法借腹生子——」

章台吃驚：「趙老師！」

「周家浚那麼聰明的愛玩客，不可能被馴服。」

「這樣說對家浚不公平，未婚男子，多幾個女朋友有何奇怪，沒有女伴才稀奇。」

「他可難相處？」

「出奇容易，正如你說，他極其聰明，絕對不會為難自己，或難為別人。」

「他會腳踏兩船否？」

「決定了，一定不會，喂，問得太離譜，我又不是預言家。」

「對不起，章台，難為你了。」

「趙老師，疑人勿用。」

「聽君一席話，勝讀十年書。」

「祝你快樂。」

離開校園，章台忽然去銀行區盪馬路。

他駐足男性時裝店門口，與周家浚通電話。

「我想添幾件新衣」，「我叫秘書幫你」，「不用，你給店長推薦便可」，「你在哪一間店」，「T……F」，「那不適合你」，「左邊有一家BB，你說是我介紹便可」，「多謝」。

章台抬頭看店名，已有服務員推門張望，看到他，一臉笑，「是章先生嗎，請進，周先生已經交代過。」

這世代服裝店也得出門拉客，可見經濟情況。

章台走進店堂，便看見一具木製模特兒身上穿着套黑色禮服，他即時被吸引，啊從未見過男服可以做得如此漂亮：啞色料子筆挺，褲子低腰，窄腳管，有一絲贅肉都穿不上；外套很短，細腰身，遮不住臀部，何種樣線條都一覽無遺，章台忽然想到性感兩字。

今年是何年，男式禮服都可以做成這樣。

穿上這套窄身禮服，可以坐得下來嗎。

正當他在凝視，女店長迎上說：「是章先生嗎，已替你挑選幾套西服，請試穿。」

年輕店長十分俏麗，奇是奇在她也穿男裝西服，因長得高挑，穿上中性漂亮，不覺礙眼。

章台看到她推介西服其貌不揚，輕輕問：「有無那種布縐縐寬身一些西服。」

「啊，那是早些年流行式樣。」

「太緊身不適合我。」

「章先生，那麼，你穿大一號吧，兩個碼都試一試。」

她把襯衫也取出。

章台不講究衣着，但穿上名牌子，頓覺舒服熨貼，腰板竟挺直，他刻意坐一坐，還可以。

他想到中學畢業舞會，借穿父親西服，也應酬過去。

店員說：「半打襯衫，兩套西裝，若干內衣，襪子——」

「沒有汗衫背心。」

店員忽然笑出聲，「章先生你還穿內衣汗衫？」

章台一怔。

店長連忙瞪手下一眼，她也知道說錯話，連忙退下。

「對不起。」

章台大方，「沒關係。」

「我們替你送到府上。」

章台要付賬。

「周先生已經付過。」

章台告辭。

「章先生有空再來。」

怪不得女人喜歡逛時裝店，招呼實在太好，空氣調節溫度適當，微微散青草地剪後清新，靜靜舒服，還有咖啡解渴，不知不覺，竟逗留個多小時，多麼奢靡。

正是下班時分，銀行區擠滿人流，正躊躇，一輛蓮花小跑車停他面前，「台子」，一看，是周家浚接他。

「如此體貼，連我都也可追到。」

「別打趣了。」

「接我往何處。」

「回家陪爸媽，無論我倆做什麼，只要坐他們身邊就好。」

「說得對。」

一進周家大門，就知有事。

只見岳母與妻子鼻子紅紅四手緊握迎出。

章台與周家浚的心咚咚跳，「爸呢？」出事了。

「台子，爸——」

章台聲音轉尖，「爸怎麼了？」

周家寶忽然破涕為笑，「好消息，醫生終於說，爸紅白血球的數目正常，他會痊癒。」

「嗄，啊。」章台鬆口氣，幾乎站不穩，連忙找地方坐下，呀，嚇壞人。

周家浚表現比章台更差，「什麼，好了？」彷彿不情願。

這整年，一直以為周老病情危殆，掛足心事，吃一口飯都覺內疚：一生中最重要的人將不久人世，還吃什麼，今日，忽然看到周家寶哭喪臉，以為周老病勢急轉直下，卻又有意外之喜，大上大落，一時不能適應，他不禁與章台擁抱。

「你看看他們兩人。」

「爸呢，在什麼地方？」

「他想外出吃飯慶祝，我替他在法國餐廳訂了枱子。」

先去接孩子們。

他們開心得團團轉，大叫：「外公不用死了。」童言無忌。

大家熱鬧在飯店坐下，叫香檳，再點菜，大兒要吃烤蝸牛，二兒叫韃靼牛排，看得出周老許久沒有外出，只想到公眾地方坐一會吸地氣。

周太太與他兩人只喝奶油蘑菇湯。

散席，周家浚說：「我與章台喝啤酒，周家寶，你與孩子們先回家。」

周家寶例行說一句：「別太晚。」

周家浚找到熟悉酒館，它叫「五分鐘即返」，兩人都笑。

半晌周家浚才說：「他醫好了。」

「有點意外可是，別讓外人聽見。」

「可是一年多以來，我倆都以他將要病歿努力改變原有生活方式遷就適應。」

「你犧牲最多。」

「竟有點啼笑皆非。」

「不必如此，你有福氣，你轉變得很好。」

「台子，你總是鼓勵我，我怕周老收回公司，我兩邊不到岸。」

「旁觀者清，他不是出爾反爾的人。」

周家浚點頭。

他倆喝得較多，不宜開車，於是通知趙仰前來，由她負責接載。先送章台。

周家寶尚未休息，她興奮得團團轉，一直說：「周家真好命。」

周家寶取出一隻盒子，打開，裏面是眼核大小晶光燦爛鑽石戒指，章台嚇一跳，「這是幹什麼？」

「媽媽聽說周家浚已有親密女朋友，叫我交給他備用。」

「太耀眼，不適合讀書人。」

「又不是叫你戴，禮物總得體面些。」

「萬一鬧翻，不一定收得回。」

周家寶詫異，「你很少如此悲觀。」

章台說：「一個女同事，遇人不淑，分手，公婆竟向她索回一件廉價首飾。」

「她怎麼做？」

「忙不迭雙手奉還。」

「完全正確，那種人家，離遠遠。」

盒子一旦打開，那顆鑽石恁是不罷休，硬要把光線留在緊湊分子結構裏兜轉，閃閃生輝，像是活轉似。

「說是讓周家浚把女伴帶回家見面，你轉告一聲吧。」

「周老會回公司復職否。」

「我也問過爸，他答：全交給周家浚，他做得那麼好，始料未及，一天我到辦公室找他，看到他與手下對牢一整桌排列整齊的螺絲釘細細觀察，每一枚視若珍寶……他做出意思來了。」

章台替周家浚高興。

「爸還説，勞工重擔卸下後才知當年之苦，他要與老媽坐郵輪散心。」

「醫生怎麼説。」

「不要太勞動沒問題，他們會帶男護女護一起，爸媽意思是，我們一家也同行。」

嗄，搬家？

「他們選乘迪士尼郵輪逛奧蘭度。」

章台瞪大眼。

「不是愛樂園，而是看孩子童真，聽孩子笑聲。」

「家裏不是已有三名?」

「爸媽說，最好十二名，可以在家開小班教授。」

章台作不了聲。

「周家浚一定走不開，台子，你我非上陣不可，難得父母高興。」

章台只覺一股氣緩緩自丹田升上，這些年，他一直做周家寶的如意郎君，搓圓揿扁，太上皇一聲令下，他即時扔下手頭工作跟隨，他的職業，他的興趣，都不算一回事。

這次，他聽到自己說：「你陪孩子與爸媽好好遊覽，我在學校功課頗為忙碌，恕我失陪。」

周家寶從未遇過反抗，她有點不明白，「你不去?」

「我留守家中。」

「那怎麼行。」

「相信我，周家寶，爸媽不會介意，你暢快陪伴父母才重要。」

章台做一個手勢，表示「討論至此為止」，他到書房工作。

總算爽快表達心意，他高興嗎，不，他後悔竟忍耐那麼久，早該提出反對之聲。

在周家寶驕縱世界裏，除她自身之外，其他一切，均不重要，丈夫、孩子，隨時可以告假，憑她說了算。

在校裏碰到趙仰。

他告訴趙仰：「當我說不想隨意告假，周家寶露出不置信表情。」

「她覺得人人都應喜歡米奇老鼠。」

趙仰笑，「我也愛煞米奇，但我還有其他責任。」她開始越描越黑，「我不是指周家寶——」

章台微笑。

趙仰嘆氣。

「放心，一日成為姻親，你可避而不見。」

趙仰尷尬。

周家寶很不高興，紅着眼睛說：「台子你不再愛我。」

章台佯裝聽不見，這種問題，又不是一定必須回答。

接着忙收拾行李，暫把扭捏放下。

真像搬家，浩蕩成行，保母也一起，孩子們已經那樣大，真不明白還僱着她幹什麼。

章台想送行，一輛十四座位都坐不下，他只好在家門道別。

周家寶說：「每日與我通話。」

章台點頭答允。

她又嘀咕，「台子你不再愛我。」

這次，連站在一旁的周家浚都笑出聲。

兩車人離去，章台回到自己的家，躲進白色盒子書房。

他坐下，忽然寫：「章台覺得無出其右的輕鬆，他可以得到三個星期的自由，無案牘之勞形，無絲竹之亂耳。」

他倒在床上睡午覺，無人進出騷擾，醒轉已近黃昏，他出門到小館子吃客牛肉麵。

回轉，又寫：「三個孩子已經長大，可以放心度假。」

打開報紙，讀到一位男演員對記者訴苦：「我一向尊重孩子，孩子卻不尊重我」，章台笑得噴茶，他以為是他一人苦惱，唉，人人如此啊。

又讀家庭版，「怎樣叫孩子不怕考試」，再大笑，連他到現在都怕考試，做考場交白卷噩夢，孩子又怎可能不怕？沒可能，該專欄不讀也罷。

他發現許多生活小趣味。

傍晚，周家浚找。

他與趙仰在一起。

章台看到趙仰指上那枚大鑽戒，已經明白。

「恭喜。」

「台子，我們打算註冊結婚。」

「當然一定要合法註冊。」

「台子，我的意思是，不再舉行其他儀式，趁爸媽旅遊，我們先把米煮成飯，叫他們徒呼荷荷？」

章台一怔。

「遙想當年你與周家寶打扮整齊如七層蛋糕上糖人娃娃，在數百賓客中周旋竟晚，我看着都累垮，我反對那種排場。」

章台想起腰瘦背痛那一夜，猶有餘悸，「但是，你要替女家設想。」

「趙仰是成年人，可自作主張。」

趙仰忙不迭點頭，「我與周家浚意見劃一，結婚是二人生活的開始，不是結束，太早慶功，有礙發展。」

「早已老大，我們活在現實世界。」

「只怕老人家要失望。」

「所以趁他們不在私奔。」

「我反對，家長好不容易等到這一天。」

「求你不要洩露消息。」

「為什麼告訴我？」

「因為你是最好朋友，需要你證婚。」

章台蹬足。

但是過兩日，還是奉命到大學禮堂替周家浚證婚。

他在周家那幫閒角色的命運躲都躲不過。

最奇特是，周家浚與趙仰同穿那天章台見過的窄身禮服，像兩兄弟。

觀禮者是偶然路過的同事與學生，大家努力鼓掌。

周家浚最懂回報，立刻叫人抬出香檳，用紙杯分着喝。

一輛餐車駛近，眾人迎上，勝過喜筵。

真有想頭，將來大兒他們結婚，也可借鏡，毋須喜帖、糕餅禮券、謝帖、訂

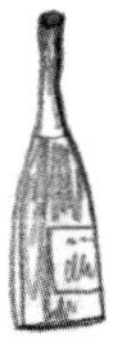

酒席、試菜、選禮服、試穿、預備鮮花、裝飾禮堂……忙一年。

結果家長們抱怨年輕人太多，場面嘈吵，年輕人要跳舞，不夠暢快，周家寶説：「早知分兩場」，章台暗叫救命。

周父生病之前，她要為十週年慶祝……

像今天這樣，每年做也不怕。

婚禮完畢，章台回家。

他這樣寫：「繁文縟節，乃天下至討厭之事。」

周家浚結婚了。

周家浚結婚了！外邊不知有多少女子失望。

趙仰奮不顧身嫁給此君，不過，她會有她樂趣，每朝醒轉，可以看到那樣漂亮面孔，應當慶幸。

電話鈴響，一定是周家寶。

「為什麼熄掉電話，你幹什麼去？我們玩得高興，大兒傍住外公游泳，二兒陪外婆打賓果，你好嗎？」

章台忽然決定把真相告訴周家寶，她之不長大，他們也有責任，什麼都瞞她，怕她不高興，怕她難受……「周家寶，周家浚今日與趙仰註冊結婚，他們出發私奔蜜月旅行。」

電話那邊忽爾沉默。

「你說什麼!?」

「他們不愛陪大半不認識的客人吃魚翅。」

「你一直知道？」

「他們臨時知會我。」

「故意避開父母姐姐外甥，為什麼，我們做錯什麼？這周家浚死性不改，活着就是為懲罰至親。」

「周家寶，別衝動。」

她氣得哭，「我剛想約畫家林思思的女兒與我們小兒一起做男女儐相。」

「我不說了，我還要趕功課。」

「我怎麼同爸媽講？」

「你想想措辭吧！真難開口，回來再說。」

「章台子，你有預謀。」

章台已經掛斷。

真沒想到他夠膽掛周家寶電話，不是怕她，而是寵她，一向膽小，懼內。

果然，電話又來了。

「周家寶——」

「章先生，我是周先生助手明樂，有件事麻煩你，我們要下班，但是一位小姐找周先生，不肯走，說要等多久便多久，我們想叫護衛員，又怕得罪，不知如何是好。」

於是又找到章台這個打雜。

「我馬上來。」

「謝謝你，章先生。」
周家浚不是一切都擺平才結的婚？
總有這麼一兩個不好相與的女子出爾反爾要現身找麻煩。
他換件襯衫，漱一下口出去。
到公司明樂還在等候。
他這樣說：「明樂你在房外做我證人，當三天加班費。」
「明白。」
章台推開小會議室門，看到一個女子站窗前看雨景，苗條背影寂寥到極點。
聽到腳步聲，她轉過頭。
章台輕輕說：「對不起，周先生不在，你久等了，我算是公司總管，有話對我說也一樣。」
女子三十許年紀，皮膚雪白，有着典型美人五官，身段奇佳。

奇怪，這不像是周家淩慣常女伴。

她笑笑，「你是周家女婿大人。」語氣揶揄。

章台尷尬，低聲說：「不殺來使。」

她打一通電話。

片刻有人按鈴，公司門已上鎖，明樂過去一看，大奇，按鈴的是一名保母與一個小女孩。

女子揚聲：「請讓她們進來。」

明樂打開門。

那女孩約六七歲，粉妝玉琢人見人愛，那麼小，眼睛已有表情，嘴角含笑，大人一樣。

女子輕聲介紹：「這是我女兒周媛。」

這下子叫章台張大嘴，再也合不攏。

一併連明樂也驚駭，退後一步。

女子聲音更低，「囡囡，也是周小姐。」

小女孩一聲不響端坐椅上，像洋娃娃。

章台回過神，「明樂，取些果子飲料來。」

女子聲音如一線游絲，「我還沒介紹自己，我叫孫淑子。」

章台無奈：「周家浚結婚了。」

孫女士頷首，「我聽說了，此刻，周家有兩對璧人。」

這時，章台起疑。

她說下去：「本來，周先生一切都安排妥當，我對條件，也相當滿意，以為他病重，也不打算騷擾周家——」

章台聽出苗頭，可是，震驚猶勝先前。

孫女士口中的周先生，不是指周家浚！

「但是，最近聽講，周先生的病又好轉，他活下來，躲過一劫。」

孫女士指的是周老！

「這時，要找他，又找不到了，聽講他與太太到美國南部旅行。」

「孫女士，請問你還有什麼要求？」

「不是我，是周媛：我與周先生的女兒，她出生證明文件與親屬血親因子報告，全在這裏，章先生可與律師細細查看。」

「你有何條件？」

「章先生一定以為我來敲竹槓，不是這樣，我想讓周先生承認周媛這個女兒，當然，沒有可能與周家寶與周家淩平起平坐，但至少讓社會知道，周媛之父是何人。」

章台一時作不了聲。

「周家有位殷律師，做事合情合理，你可與她商量辦事。」

「不能等周老夫妻回來再談？」

「他不會再與我見面，我也覺沒有必要見他，你也許奇怪，我們母女生活豐足，為什麼節外生枝，但周媛是個孩子，她會介意社會竊竊私語，評頭品足，我要為她設想。」

那孩子知道是在說她，微微垂頭。

「希望周家有重要日子，把周媛也叫一起慶祝拍照，正式給親友介紹一下，免她孤苦無依。」

「我會轉告。」

孫女士點頭，「章先生，傳達信息是你強項，今次，我找對了人。」

章台啼笑皆非，她還是要揶揄他。

這時，她說：「囡囡，我們好走了。」

她留下名片。

明樂送她們出門。

一看名片，原來孫女士是個珠寶設計師。

章台說：「明樂，該下班了，今日的事，足抵一月加班費，不過，如果洩漏一句半句，我放血滴子取你首級。」

明樂抗議：「太血腥了。」

章台嘆口氣。

這時，空氣調節咚一聲熄滅，整幢大廈預備休息。

就算周家都在輪船上，周家千絲萬縷瑣事，還是纏上章台身子。

他又想到：周媛這小女孩子，可能是周老唯一親骨血，打起官司，有得好辯。

他不敢怠慢，立刻找殷師。

「明天一早十時見你。」

「不行，我今晚非要與你商量一件事。」

「什麼事？」

「孫淑子與她女兒周媛。」

殷師一怔，立刻說：「請即刻來舍下。」

這還是章台第一次訪殷律師家。

那不是什麼閨房，住宅也似小型辦公室：大寫字枱放客廳，兩張沙發，照明十足。

她斟出威士忌加大塊冰招待。

章台把適才與孫女士會面的錄影交給殷師，她取過在電腦上觀看。

看畢，她再斟兩杯酒，坐下嘆氣，「可憐的章台，身負重任。」

「我不打算做説客，殷師，請你幫忙。」

「那孫淑子找到你，自然要你開口。」

章台搖頭，「恕我不能擔任此重任。」

「你臨陣退縮，非英雄好漢。」

「殷師你説得對，我只是一名教書先生，在周家眾所周知，我是跑腿。」

「不對，周家上下都看重你。」

「因為我縮着脖子做人，從不叫他們討厭。」

「台子，你是怎麼了？」

「殷師，實不相瞞，我正考慮辭職。」

殷師一怔，「先不說你，你瞧這孫淑子，這叫得隴望蜀，得寸進尺，上來了。」

「她為着孩子沒錯。」

「照你說，周老應該半明半滅地承認她，好讓她有打官司證據。」

「孫女士此時此刻也有上法庭憑據。」

「你站在她那邊。」

「不，不干我事，你是家庭法律師，你自有主張。」他打躬作揖，「我回去睡覺了。」

逃一樣回家，像小時候受到驚嚇那樣，用一張毯子蓋住整個身子，包括頭臉，裹着睡覺。

當然沒睡好，老是聽見房外有聲音，彷彿孩子們操着兵回轉，吱吱喳喳，說個不停，人家老了耳朵失聰，他卻越聽越多，許許多多可能不屬於這世界的聲音他都似聽到。

不用醫生診斷也知這是神經衰弱。

大清早周家寶就查人，「台子，你要好好與我說，為何鬼鬼祟祟。」

章台忽然不甘心周家寶不知民間凶險，他抓着電話一五一十把孫淑子一事告訴她，「你有一個漂亮可愛妹妹，你爸一直瞞你，你媽也許還蒙鼓內。」

周家寶聽着，忽然爆出大笑，「台子，你瞎編啥子故事，你胡說八道。」

「周老就在你身邊，你自己問他。」

周家寶如五雷轟頂，再不言語。

「我勸你不要發作，我把會面紀錄傳給你看，這是上一代的事，與你我無關，切勿興風作浪，當心自身不保。」

說完，他內心略寬，把與孫女士見面片段傳給周家寶，他的肩膀，已擔不了這許多秘密。

再一次接電話，已三天之後。

章台耳根清淨，周家寶再與他通話，聲線低了兩度，他幾乎不認得。

「怎麼辦。」

「你已向周老攤牌？」

「沒有，這事，該由老父自身處理。」

「說得對。」總算長了腦筋。

「為什麼短短時間發生那麼多事，我想下船乘飛機回家。」

「你無論身在何處都幫不上忙。」

「你一人在家，可覺寂寞。」

章台不敢回答，他當然想有熱鬧節目，但卻不覺特別想念周家寶，就算兩人共處一屋，說話機會也不多，他記憶中周家寶，永遠只得十七八歲，「台子，等我」，聲音脆嫩，神情可愛。

他早已失去周家寶。

那個家寶不會回來。

「台子，我嚇獃了。」

「可想我有多慘。」

「我回來與你抱頭痛哭可好。」

「我與你又沒做錯，為何要那麼慘，不甘心。」

「我還沒把周家浚已婚的事說出。」

「你們還剩幾天假期？」

「還有整整十天，度日如年，每天假笑，苦不堪言。」

章台這十年，就是如此過。

周家生活，即他生活，周家寶的意旨即他命令，一次，實在忍不住，在周家寶的指示字條下寫：Thy kingdom come, thy will be done，不是不生氣的。他羨慕周家浚可以自把自為，自由自在。

直至大少爺發覺自身是領養兒。

沒有好表現，無權領取周家資產。

周家浚使出漂移技術，把車子急轉彎，吱吱聲，輪胎冒煙。

周家寶凄涼地哭，「有妹妹……而且那麼漂亮……」

她尚未知，周媛才是周老親生。

稍後殷師問：「兩家人幾時回來？」

「周家浚的秘書說後日便回，周老他們還有十天八天。」

「希望他們玩得愉快，這也許是最後一次無憂假期。」

「殷師，你猜，孩子都那麼大了，周媽是否真正不知？」

「我不想對東家私事置評。」

「對不起。」

「依我看，周太太一直曉得周老有女朋友，這是事實，但未必知道這個孩子。」

「知道會怎樣？」

「老夫妻加起來百多歲，難道還離婚不成？」

「殷師，你是知道這件事的吧？」

「替他倆辦分手合約的，正是小人，我也早猜到孫女士會節外生枝。」

「可否用金錢解決？」

「虧你是成年人，沒聽過『天大亂子，地大銀子』。」

「我的天。」

「孫女士這回不要錢，事情較為棘手。」

「殷師，你一定有辦法。」

稍後周家浚與趙仰先旅遊回轉。

兩人穿白色襯衫白褲子，像上世紀初時裝雜誌裏模特兒，不食人間煙火，飄逸瀟灑。

試問周家浚如何會回到鄉間豬欄。

司機趕上接行李。

殷師迎上，「家浚，我有話說，趙仰，你在旁聽着，此刻，你也是周家人。」

車廂裏，靜默一片，空氣重得像鉛。

趙仰不出聲，她只是納罕，從前的人，今日都七老八十，行將就木，卻也曾經在情網打滾，她對周老印象分大減。

還有，周家長期僱用律師，殷師似謀臣，專醫疑難雜症。

半晌，周家浚問章台：「那女子可長得美。」

「年輕時，一定出眾，甫見面，也還好，越說越見老態，臉皮掛下，臉色灰敗，就在我眼前衰老，十分可怕。」

周家浚攤攤手，「是福不是禍，是禍躲不過，此事周家寶知曉沒有？」

章台點頭。

「許多事，不能瞞家寶一輩子。」

章台不出聲。

「請問，殷師，我在周家地位可會改變？」

殷師搖頭，「我想不。」

一聽到這三個字，周家浚又抬起頭。

「一則是個女孩，二則還小，還有，周老器重你周家浚。」

周家浚像是放心，一下又提心吊膽，「老父怎麼留下這樣大包袱。」因為他也是人。

「那女孩非常秀美。」

「不見得不好看我們就可以打她，你三個孩子叫她什麼？」

「姨姨。」

「我的天，周家諸人排位全伙得重編。」

殷師忽然說：「你們一定在想，壽則多辱，周老居然活了下來。」

周家浚動氣，「殷師真是倚老賣老，哪會有這種惡毒想法，全是他掙下產業，他愛怎麼分就怎麼分，我們最多退一步。」

趙仰真不愧在大學教書，她一聲不響，沒有加插意見。

車子到家，周家浚說：「老爸如何處置，我無異議，他說了算，你呢，台子？」

台子忽然說：「我想搬出住。」

殷師瞪眼：「這時候你還添亂？」

周家浚撲上掐住章台脖子，「再敢提分居兩字我先殺掉你。」

章台連忙開車門逃出。

他流落街頭。

像周家少爺一樣，在舒服慷慨的周宅住久了，手腳疲怠，難以動彈，在這個家裏，要什麼有什麼，儲物間裏光是孩子們用的文房用品以百計，堆積如山，考試時多帶一打自動鉛筆，放桌上隨同學們急用；大衣毛衣丟失，一定有補充品。他們從不為物質擔心，大兒把舊一些的電腦手機送贈更有需要的人，假日載整車食物一起往食物銀行放下。

他們知道身在福中，當然驕矜，也惠及其他，不致討厭。

如果章台要出走，離開那繁囂喧嘩，他必須有所犧牲。

首先，他要學習使用洗衣機。

他回大學去查看配給的宿舍。

打開門，小小廳房，四處灰塵蛛網，不要以為百年鬼屋才有蛛網，打掃後三天聰明小昆蟲就可以重新結網，他看看簡單家具，房間有張硬板床。

學生生活，久違了。

他關上門回章家。

沒想到有客人，他帶去的糕點水果正好派用場。

章父問：「記得岑伯伯伯母否？」

那岑伯母老實不客氣走近握住章台的手，仔細端詳，「還是那麼英俊。」

對不起，章台心想，一點也不記得。

章母說一些來龍去脈，「當年是鄰居，岑家妹妹與你常常一起玩，不久他們移民……現在回流，還記得我們。」

章台一直點頭。

點慣了頭，可以一直點下去，不必為瑣事家務事開辯論會，多麼愉快，加上「是，是」，「的確如此」等助語詞，生活不曉得多順暢。

坐一會，章台很快發覺這也不再是他的家。

他推開從前小房間的門打量，床還在，牆上貼着中學獎旗，一半變成父母衣帽間。

章台聽見母親叫他，「台子，送一送岑伯伯。」

他連忙應聲。

天下雨，他撐着傘遮住伯母，自身肩膀淋濕，伯母道謝。

不久一輛小房車駛至停下，司機匆忙下車，打開傘迎兩老。

這是誰，這樣周到年輕人當今也少見。

岑伯母介紹：「我女兒岑輝，還記得否？」

岑小姐把父母迎上車廂，大聲道謝，揮手離去。

稍後章母說：「台子你似有話要說。」

「沒有，純粹探訪。」

「孫子們回來沒有，好生惦念。」

「一回即來探訪祖父祖母。」

流浪半日，還是得回自己的家。

這個家，不少人力物力創造，若要丟棄，一日即成，所以有些人不能建造，便一心做破壞王。

他接到電話，周家寶按捺不住，獨身先上岸乘飛機回來。

章台嘆氣，周家寶就喜添亂，無論什麼場合，她總要搶鏡頭，如果是婚禮，她要做新娘，如是喪禮，她要做屍體。

章台在氣頭上，對老妻忽忽趕回軋一腳十分反感。

他去接她。

周家寶頗胖了，見到丈夫，用手臂箍緊，紅着眼睛，頭靠他肩膀。

章台說：「這是他們的事。」

「一定分薄。」

「孩子們與老人家好嗎。」

「如常吃喝玩樂。」

「我以為你會揭發周老。」

周家寶嗚咽，「幾天前我還是全世界最開心的女人，今日噩夢纏擾，寢食難安。」

已經這樣，怎麼好把非親生一事告訴她。

「先回家好好睡一覺。」

「台子，不要離開我。」

章台只得緊緊握住她的手。

周家寶淋浴後本來要全身抹營養美膚油，此刻也都省下，頭髮也不抹乾，倒在床上便睡，她在船上多少要照顧老小，趕緊回家繼續做公主。

「像沒事人一樣……這些年一字不提，照樣做周老先生，認真殘忍，這還是我父親嗎……」

章台拍着她肩膀，她緩緩睡着。

他叫傭人做白粥給妻子醒轉吃。

周家浚夫婦到訪，他先做咖啡，敬給趙仰，然後細心問可要吃粥，見傭人切金華火腿片，挑些精瘦的奉獻妻子。

章台看得呆住，想不到家浚這樣孝敬妻子，當然，刻薄妻子，娶來作甚。

章台忽然笑，他看到從前的自己，不，不，今日也還這樣着。

趙仰自由自在躺沙發看書，章台張望一下，書名叫《探測空間重力波》。

三個人都沒有話說，機靈的成年人，最曉得迴避難題，沉默如金。

終於，周家寶醒轉，家浚說：「過來」，親姐弟擁抱。

「家庭會議，不要多話，任憑周老安排，我們得到已經夠多，據我知道，孩子們教育基金早已備妥，讀到八十歲不成問題。」

「之後呢。」

「之後，像全地球人一樣，靠自身明智選擇。」

「大家切記多嘴無益，聽爸媽的。」

「我想媽媽也沒話說，臉面全失，還講什麼。」

眾人也沒胃口，這就散會。

周家浚把氣出在台子身上，「你敢待慢我姐，我同你拚命。」那是他唯一血親。

但是，台子心中已有決定。

他輕輕說：「家浚，陪我逛酒吧消悶。」

「那些地方，千人一面，千酒一味，沒意思。」

「我陪你的次數不會少。」

「就此一回，此一時也，彼一時也。」

他們往酒館坐下。

「為何見到趙仰如老鼠見貓。」

「我也不知，往日我還不是笑你懼內。」

「她是我三個孩子的母親，那樣驕縱的女子，居然千辛萬苦懷孕三次。」

「知道就好，為何模範夫妻無端提分居。」

「二人距離越走越遠。」

「作怪，台子，你比我幸運，健康父母，活潑孩子，天真妻子，你唯一煩惱是未能做成名作家，我，我差遠了。」

人性本能是不知足。

章台忽然說：「我內心空虛，如此生活像機械人。」

周家浚一聽哈哈大笑。

章台頹然。

有女子前來搭訕，「我也想笑，說來聽聽是什麼事。」

周家浚把自己與台子的手放桌上，「我倆已婚，所以好笑。」

女郎不放棄，「你們是一對，還是與女子。」

「我倆均有妻室，不過，下一回合，我請。」

女郎笑，「唷，你會後悔，我們那桌十二人慶祝同事生日。」

周家浚一向豪邁，「酒保，快開六瓶香檳。」

章台笑而不語，這種生活感性快意。

女郎回去報告，那邊一下子歡呼起來，向他們兩人舉杯。

沒多久又有一女子走近，「謝謝。」

「不客氣。」

章台一抬頭，咦，是日前才相認的岑家妹子。

岑輝笑哈哈，「不記得了？」

周家浚識趣走開到另一桌朋友處，這間酒吧名叫「消失中的友誼」，人客卻隨時遇到友伴。

岑輝說：「你不像酒客。」

「凡事從頭起。」

她那桌已經喝得不知是誰生日，總之興高采烈。

岑輝說：「年紀大的人，記憶時有錯失，我與你小時雖是鄰居，但從來不曾一起玩耍，不然我一定記得。」

章台笑，「我自問記性不錯，但也不曾擁有同類記憶，移民、回流，不是容易的事。」

「試想想，上屋搬下屋，都要不見一籮穀，十多年之間，去了，又回來，隔一個太平洋搬家，其中嶄傷，可見一斑，我反對移民，甚至反對出外留學，人際關係寶貴，好不容易建立，又全扔下，多麼可惜。」

岑輝有感而發。

「找個清靜地方說話。」

岑輝取過外套手袋與章台走到街上。

「聽說你有三個孩子。」

「全男班，淘氣指數倍增，家無寧日，不是你要見家長，就是他摔破頭。」

「聽上去很幸福。」

他們找到小小咖啡店坐下。

「為什麼現代人那麼愛喝酒？」

「這是社會問題。」

「你在大學讀什麼？」

「兒童心理，我在靈糧醫院兒科做心理評估。」

「兒時不幸，是否終身受不良影響。」

「據說是。」

「實情呢？」

「幸福與否並無標準，你想做一個什麼樣的人，就是什麼樣的人，慈愛母親天天吻你到五十歲固然幸福，若不，也可以成為社會有用一分子，佛洛伊德為此問題鑽研一世。」

「為何今日青少年追求無限自由？」

「動物一直嚮往自由，從未變更，雄性動物從不協助育嬰，一走了之，人類也有此特性。至於讀書工作從一而終，更加是人性枷鎖，不知是啥人訂下律例，日久生厭。」

心理學真徹底，刷一聲把人性文明皮子揭開，血淋淋。

「我同學做夫妻心理輔導，寫一篇報告，發覺竟有比數不少男子希望不必天天回家，一個月最好放三天大假在外自由遊樂，妻子則須毫無怨言在家守候，而且，最好是家用一人一半。」

章台發笑。

「她還做一個分析，就是這種男人泰半收入不高，只是愛玩。」

「在外邊那三天幹什麼？」

「那要問他們了，總而言之，不愛受束縛。」

「為何結婚？」

「備個退路。」

心理學家每個問題都有答案，章台與她談得十分暢快。

「章台，聽說你一直是個好兒子好丈夫。」

「所以一事無成。」

岑輝哈哈笑，「可惜時間已經晚了，不然可以與你說說做人不一定要成功的道理。」

「時間已晚？」

「是呀，已屆凌晨一時。」

兩人在咖啡店外話別。

回到家，周家寶把他書房筆記翻得一天一地，她煩躁之極。

章台一聲不響，淋浴更衣，上床休息。

一連幾天，敵進我退，敵退我進，避無可避，到外邊喝一杯。

章台對岑輝說：「結婚，似二人三足遊戲，一條腿與對方的腿綁一起，生死共存，悲壯之至，什麼二人以長處補短處，錯，一方永遠覺得另一方虧欠他，行動一不配合，摔跤，家破人亡。」

岑輝不出聲，章台明顯對婚姻有所不滿，與這樣男子為伴，有點危機。

下一次約會，可免則免。

岑輝輕輕說：「你開始發牢騷，下一句應是我妻不瞭解我。」

章台慚愧。

「當今女子通常有一份同工同酬忙得不堪工作，老闆要一人做三人工夫，我們都有精神寄託，無暇兼任紅顏知己，況且，那也是一份辛勞職務：陪打球、伴旅遊、一早起床到馬場看晨操，天天大妝，老闆極少長得英俊瀟灑……各有各苦處。」

「你的意思是，你不再是我酒伴。」

岑輝笑着點頭。

「明智之舉。」

「章台，我喜歡你，一日，你恢復自由身，再來約我，此刻，誰也不宜淌渾水。」

「我送你。」

「不客氣，我自己有車。」

世上的心理專家，都收費高昂，不會免費，是章台異想天開。

那一邊，趙仰在學校找到他，「台子，你倒自在，周老他們明午回轉。」

台子微笑，醜媳婦終須見翁姑。

他客觀打量趙仰，她與岑輝實是同類：漂亮、剛愎、能幹、立場鮮明，完全不認同感情磨合這件事，不遷就，不妥協。

他不禁微微笑。

趙仰說：「怕他們不喜歡我。」

「怎麼會，你高資歷、貌秀麗，又願裸婚，什麼地方找，不要緊張。」

「台子，我與周家寶言語不通，你請多關照我。」

居然有點低聲下氣。

「放心。」

兩老回家，好幾枚炸彈等着他們拆解。

接到司機通報，傭人準備好茶水點心，聽到車子引擎響，已經打開大門迎出。

周家寶把周家浚與趙仰推到最前，這一對寶貝又忙躲在章台與家寶身後，真正好笑。

三個孩子先嘭一聲衝進，曬得像黑炭，穿大花襯衫戴草帽，像熱帶土著，爭着說話，與母親抱成一團，起碼五百分貝噪音，章台耳朵嗡嗡響。

周父周母相扶進屋，一臉笑容，嘴巴從耳一邊拉到另一邊，說的竟是：「我們的賢媳婦在何處，快出來見面。」

他們已經知道，周家浚鬆口氣，牽妻子手踏前。

「殷律師已經知會我們，讓我看，唷，這麼漂亮秀氣，家浚，這回你撿到寶了，難得人家不嫌棄你，哈哈哈。」

周家寶爭相說：「什麼，我才是周家寶。」

「自然自然。」

嘻嘻哈哈坐下，周家一貫聚會時各人爭着說話，吵得不得了，外人根本聽不懂，這時也一樣，七嘴八舌，是正確形容詞。

章台落單，靜靜找一張椅子，坐到角落。

保母真好，悄悄給他一瓶冰凍啤酒。

周父周母對兒子秘婚一點也不介意，只要有女下嫁，且不是小明星，已經心滿意足，這下子家浚可安下心來。

趙仰濃眉大眼神氣，想必能治倒周家浚。

「沒想到這一關這樣易過。」

「周家浚你行狗運。」

「喂你。」

周母最圓通：一個甲子下來，世事看透透，不像某些盲塞老婦，越活越專制惡刻，周母根本不介意是否大排筵席，她少理細節，只要兒子高興，他的眼光沒錯，子所愛母亦愛。

周家浚走近擁抱母親，「媽媽，謝謝你。」

接着，還是靜不下來，談到最實際的衣食住行，還有，生兒育女，報名讀書……

做人，要多煩就多煩。

周老走近女婿，「台子真好，一些意見也無。」

「爸——」

「你有話要說，不必吞吐，可是周家寶又無端生事。」

「爸，一個叫孫淑子的女子到公司見我。」

周老一怔，本來稍見平滑的臉皮忽然又全部打皺，看上去滑稽。

「啊，」他喃喃說：「五雷轟頂。」

章台也覺殘忍。

「她要什麼。」

台子簡單扼要說了幾句。

「這女子厲害。」

「她未曾說過一句要脅之話。」

「那才叫高招。」

「此事殷師也知道，請爸與殷師商量。」

「這殷律師對周家大小諸事均瞭如指掌，我大去之時要帶她走。」

沒想到周老還有說笑能力。

台子忽然發覺，聰明人每活十年，便有大躍進，漸臻化境。

「媽那處——」

「我不懼內，我倆早有共識，我怕周家寶多心。」

知女莫若父。

「她哭得雙目紅腫。」

「台子，我有計算，你放心。」

他三個孫兒不知從何處找到幾包大香腸，在微波爐裏烤得噴香，舉案大嚼。

章台看到都胃氣痛，避到花園。

屋中無人，那麼寂寞，屋中人眾，更加寂寞，做不成文人，先染文人毛病：善感。

他披上外套自山坡走下市區。

華燈初上，年紀大了，份外珍惜這種景色：看一次少一次。

不覺走到銀行區。

尚有遲下班年輕男女匆匆趕往車站，千萬不可揶揄人家營營役役，在社會工作，早起夜歸，公平賺取酬勞養家活兒，值得尊重。

周家製造螺絲釘，看表面微不足道，可是如果太空穿梭機少卻任何一枚小小螺絲，整架偉大宇航器崩潰墜落，怎可小覷。

追他回家的電話來了，周家浚聲音：「你在何處，我來接你。」

「我自己會回家。」

「台子，你還想逃避？認命吧，家庭子女枷鎖已扣緊你全身，一些鐵枝已陷入你皮肉，你永不超生。」

「家浚，你喝多了。」

「人的一生就困在牢獄，迄今我還做考試噩夢，有人晚晚做夢，上司答允升他一級，還有人，夢中走到不論何處都看到毛巾衣裳染滿血漬，以及衛生間內黃白之物……」

「好好，你來接我，我站豐之珠餐廳旁等，嗯，不要醉駕。」

開車來接的是趙仰，她接受丈夫容忍丈夫，新婚期當然如此，十年一過，不知如何。

三人坐下喝咖啡，趙仰脖子上戴一串拇指大小大溪地孔雀綠珍珠，因配便服，不覺俗氣。

她是周家媳婦，明正言順享用周家財富。

上車時章台說：「看到那站在街角等計程車的黃衣女子沒有，等許久也沒車，不如載她一程。」

周家浚說：「不可，後患無窮，你載得多少個？」

趙仰微笑。

周家浚說：「人要自身爭氣，她要上車，終有一日成功，毋須別人拔刀相助。」

章台忽然問：「為什麼做人那麼辛苦。」

趙仰回答：「因為人望高處。」

周家浚說：「台子你最近精神抑鬱，有礙健康，如果三杯啤酒不能解結，請及早看心理醫生。」

多謝指教。

周家寶比他先到家，她自己泡美容浴，向丈夫發牢騷：「胸位垂到腰，腰與臀一樣寬，臂快掉到地下，你不反對我找矯形醫生吧。」

章台忍不住說：「周家寶，北極與南極冰川正超速融化，中東諸國打得稀巴爛，恐怖分子橫行，全球經濟衰退……」

氣人的是周家寶牽牽嘴角，「眾人皆醉我獨醒。」

章台氣結。

「你很久沒問孩子們功課。」

「始終是乙級成績。」

「乙級也是好分數。」

「想進甲級大學，就得平均分九十五以上。」

周家寶答：「那憑他們自我選擇，條件都放在這裏，父母永久支持他們。」

「慈母多敗兒。」

「來，一起浸浴，幫你擦背。」

「七老八十，還來這一套。」

「渾身汗毛，多久沒整理，」周家寶咭咭笑，「連背脊都黑墨墨，虧你還是書生。」

章台連忙退出浴室，到另一個衛生間，但該處被三個兒子佔據，大兒學剃鬚，二兒對鏡把鼻子上曬焦的表皮一層層撕下，真夠肉酸，小兒則蹲座廁，臭氣薰天。

章台嘆口氣，到書房處理講義。

他同情周家家務助理。

有人如不明什麼叫人間煙火，請到章宅參觀。

周家寶披浴衣前來騷擾。

「爸扮得沒事人一樣，人家說的老狐狸，就是他。」

「野生狐狸只有三年生命，不會老。」

「我說什麼你辯什麼，逢妻必反，討厭。」

「整家人都擔心事情揭發周媽會同周爸離婚。」

周家寶臉色發白。

沒有人會想像周老以下述方法公佈小女兒周媛身份。

那日中午，他叫齊家人，在大屋會客室見面，連章台三名孩子都列席。

章台進門，吃一驚，周老把孫淑子與囡囡都聚到一起，母女一式打扮，穿藍白色裙子，十分整齊悅目。

那小女孩矚目秀麗，斯斯文文靜靜坐她母親身邊。

三個男孩走近，好奇心強勁，加以注目。

女孩微笑頷首，見到章台，輕聲稱呼：「姐夫。」

周家寶發獃：父親真厲害，採取面對面方法。

不閃縮，不逃避，一人做事一人當，周宅如有人覺得不愉快，可即時離開周家。

處理私生女事件都可以維持一定尊嚴，功力非同小可。

他咳嗽一聲，語氣不卑不亢，聲線不高不低：「人都齊了。」只是不見周太太。

三兒到底還小，見小姐姐漂亮，輕輕擠到她身邊捱着坐，不願離開，周媛用手臂圈着他。

「讓我介紹小女兒周媛，囡囡，過來，見過你姐姐姐夫，哥哥嫂子，以及姐夫章家三個孩子，他們是你外甥，叫你阿姨。」

大兒二兒睜大雙眼，不信有比他們年幼的長輩。

傭人們聽到，停了手腳，怔在那裏。

周媛逐一清晰稱呼。

「以後有節目，囡囡也會在場，記住彼此友愛，我話已說完，請到鄰室用茶點。」

這時才見殷師與周太自書房出來。

周家寶睜大眼，看母親反應。

只見母親走近孫女士，間間大方說了幾句。

倒是孫女士，臉朝上，四十五度角，怕眼淚落下。

「啊，」周家寶感慨，「我要學到母親三分功力，受用不盡，真正宰相肚內，可以撐船，竟如此容忍。」老式女子，終歸可憐。

是周老那場病的感應：丈夫差些踏入鬼門關，如今回轉陽間，還有什麼可爭，又是多年之前的事，那孩子偏偏可愛。也都是老式女子的開脫。

孫女士有事早走，周太太說：「不如讓囡囡在這裏多玩一會。」

一看，小周媛一直握住三兒的手，三兒不知多高興，平時他多多少少被兩個哥哥欺壓，從未享受過如此溫情，與小阿姨立時三刻建立友誼。

孫女士點點頭，「我一小時後接她。」

章台這時走近岳母，敬她一杯茶。

她拉台子在一角坐下，「你怎看此事。」

章台微笑不言，摟住岳母。

周太太說：「替我拿一塊黑森林蛋糕。」

走近餐桌，看到小周媛陪三兒逐樣介紹糕點，低頭細問三兒要吃什麼。

周家寶在一旁輕說：「真想不到，往日我只是隨便給一件。」

「這女孩像大人一樣。」

「比許多大人細心。」

只見周媛與三兒並排坐着吃。

章台隨口問：「稍後有什麼節目？」

「原來小阿姨讀英法學校，我正有法語文法疑問，請她替我解答。」

！

這女孩是精靈。

大兒報告：「小阿姨已跳班讀五年級，與我同班。」

章台發獃。

周家寶苦笑：「果然不幸料中，我再也不是周家之寶。」

但周家從不在乎孩子們天份高成績好，他們只希望人人快樂，至少也自得其樂。

不過家裏忽有個天才兒，自然高興。

稍後周媛在書房解釋課文，章台張望，只見她雙目閃亮，向大兒仔細講解，大兒也聚精會神聆聽。

章台從未見過如此場面，嘖嘖稱奇，把周家寶也叫來看。

「這孩子人見人愛。」

「不知如何教出如此出色孩子。」

背後傳來殷師聲音：「各人修來各人福。」

教完課，大兒道謝，把書本一推，打算踢球，被他小阿姨微笑用眼神示意，他才不好意思收拾桌上書本筆記。

周家寶下巴差些落下。

殷師笑，「教不嚴，父之過。」

整個過程，三兒一直乖乖坐小阿姨身邊。

不一會孫女士與司機來接女兒，各人竟然依依不捨。

三兒跟着小阿姨上車坐好想一起走，要勞駕司機把他抱下，他揮手說：「再來，再來，」眾人也受到感應，「囡囡，再來。」

孫女士到了這時，一直忍住的眼淚不得不落下來。

隔一個星期是周家浚生日，他親自下帖子邀請周媛。

他第一個表示完全接受這個外來女。

因為他知道他與周家寶才是外來者。

帖子上註明不用帶禮物。

周媛帶着一隻二分一尺碼小提琴，為兄長奏出《快樂頌》，接着再彈《祝你生日快樂》。

還沒到家，周家寶就說：「台子，我們也添多一個女孩吧，原來女孩走路輕輕，說話柔柔，那麼可愛，簡直是生命之光。」

「各有前因莫羨人。」

「我尚未過生育年齡，許多人像我們這種年紀還沒成婚。」

「讓周家浚與趙仰努力吧。」

「他倆已有共識，不要子女。」

「嗄，爸媽可知此事？」

「母親早已勘破紅塵，老爸說已有我家三子。」

「那是外孫。」

「他不計較，你比他迂腐。」

「慚愧慚愧。」

「生女一事——」

「周家寶，幼吾幼以及人之幼也一樣。」

周家浚約見三子與周媛往公司開會。「教育趁早，」他說。

先觀看公司製作短片《一枚螺絲如何製成》。

周媛與大兒全神貫注，目不轉睛。

紀錄片詳盡攝錄現代化製造過程：如何以一枝不銹鋼枝，逐步以先進機械打磨出製成品，絕不簡單；廠房猶如太空署實驗室，複雜程序全部採用機械手臂操作，到最後打上品牌印記裝盒入箱。

最後，熒幕上忽然出示錦盒內一枚手掌長銹漬斑斑大鐵釘，分明是古物，旁白說：「該枚釘子有二千多年歷史，現藏梵蒂岡博物館。」

周家浚先聽見周媛小姐輕輕「啊」地一聲。

周家浚心裏不禁嘆道：這麼聰明，已知是何物？

他開口，「你們說一說。」

這時二兒已經跑開，三兒努力吃餅乾。

大兒吸口氣，「收在梵蒂岡博物館……與宗教有關……」

周家浚點點頭。

周媛接上說：「釘子……沒想到這麼粗大，啊，可是自十字架上取下……」

在場職員從未想到這一層，驚駭之餘，不由得站立，「啊。」

周家浚答：「教會一直未曾明言。」

這兩個願意思考的孩子會有出息。

周家浚說：「暑假，你們二人來當學徒，我們實地參觀生產。」

章台知道後說：「只有小女孩的腦子才會那般清靈聰敏，大兒，你也別太沉迷電子遊戲。」

誰知大兒笑說：「嘿！小阿姨與我比賽『新版盜墓者羅拉』，我輸得仆直流淚，卻心服口服。」

周家寶訝異，「這十項全能女孩莫非是機械智能兒。」

周老並無偏心，他沒有擁着精靈可愛小女兒，他一絲偏幫不露，一視同仁。

不過周家與從前是不可能一模一樣了。

殷律師說：「各位處理極佳。」

「你以為。」

「可是周家寶傷透了心。」

「在看心理醫生，醫生囑她多做運動，她選擇學跳交際舞，置了多套服裝鞋子，相當起勁。」

「那也好，出身汗，心身舒暢，不過，當心舞男，許多人在該種地方出沒覓食。」

章台當然不在意。

一日，看到周老與小女兒在會客室跳三步四步，章台亦覺有趣，不一會，大兒請小阿姨，兩人又一本正經起舞，周老呵呵笑。

也難怪周家寶想要小女兒，實在可愛到不行。

接着，二兒與老三也要與小阿姨共舞。

家裏似添一道彩虹。

孫女士每次來接女兒，都向章台道謝。

「女士千萬別這樣講。」

「囡囡笑容開朗得多，人也活潑起來。」

章台只是微笑。

女士長吁一口氣。

章台不是笨人，「女士，你有話說？」

「章台，我不想避嫌，再撇清就辜負你愛護我們母女。」

「什麼事？」

「章台，你到跳舞廳去看看，有些傳言，需要親眼證實。」

她給他一張名片。

章台一怔，只得接過。

他看到名片上印着「逐拍舞殺死你」，還有一個樓上地址。

他心一急，找上去。

到達舞室門口，卻又後悔，站住不動。

舞室門口有不少男女出入，看到英俊的章台，加以注目及微笑。

終於，工作人員出來招呼：「這位先生，請進來，歡迎參觀。」

章台進去，看到整潔大統間，柚木地板，一面牆全是鏡子，另一面落地長窗，可看到城市街景，環境不錯。

服務員問：「先生希望個別教授還是小組教授？請坐下喝杯咖啡，閱讀舞室章程。」

章台抬頭一看，不見周家寶。

他坐下仔細看章程上收費，個別教授費用是每小時三千，一小時三十分起算。

沒想到如此昂貴。

舞池一角有女士在學華爾滋，導師長得似男明星，輕輕搭住學生腰部，進退有致，錯了立即重來，那學生一臉陶醉，根本醉婦之意不在舞，世上太多寂寞的人。

章台頸後汗毛豎起。

他並沒有怪孫淑子多事，她是人精，街頭智慧博士，什麼可講，什麼不可講，不會有錯，正如她說：太撇清顯得涼薄，救火要緊，說是非也得做。

章台數一數，女客比男客多，男客倒是真正學舞，導師泰半是中年婦女，但舞藝精湛。

看半晌，章台已明白其中大概。

忽然探戈音樂響起，一男一女下場，所有學生停步觀摩。

呵，這一男一女跳的是特別幽怨纏綿挑逗到不能形容的阿根廷探戈，只見步伐急促，卻一絲不亂：繞腿、踢腳、旋轉、彎腰、雙臂盤絞，十數動作一齊展開，正如人生，一觸立刻散開，特別哀艷。

章台看得發呆。

音樂停止，那對舞者情不自禁，緊緊擁抱，然後才鬆開，輕吻對方臉頰。

這時章台震驚得目瞪口呆。

那舞女，是周家寶，他的妻子！

她化了濃妝，換上黑色蕾絲裙，叫他一時沒認出來。

她也沒看見章台，與那舞男手拉手走入後台。

章台第一個條件反射便是逃。

他踉蹌奔出舞社。

到街上才喘息。

走錯地方，看到不應看的情況，他巴不得是瞎子，不，不，不，他確是亮眼瞎子，滿以為出軌是男性專利，他章台豬油蒙心。

一直自說自話打算提出分居，「給我一年時間，我要想清將來道路」，攤牌對白都擬妥，認為主動在他。

剛才看到舞女燻煙化妝雙眼如怨如慕凝視男伴，竟未想到會是他一向天真的賢妻。

章台緩緩在路邊蹲下，他雙腿發軟，還有，頭也重得抬不起，埋在膝中。

——台子，台子，等一等我，周家寶清脆童音越離越遠，他沒有放緩腳步，周家寶已經走失。

章台渾身顫抖。

一名警察走近垂詢，「先生，你不舒服？有什麼事嗎？」

他示意沒有力氣站立，警察用力拉起他。

他低聲說：「請替我叫一部車子。」

警察截一部計程車讓他上去。

章台叫司機駛往父母處。

幸虧老爸老媽不在家，章台取一罐啤酒喝光，只覺天旋地轉，倒在自己的小床上，用毯子蒙頭，不住打顫，直至昏睡。

——台子，等一等，等一等。

他淚流滿面。

驚醒，洗一把臉，逃往宿舍，免得在父母面前出醜。

他略為清醒，開始思考。

這年頭做老人不容易，一早成年結了婚的兒子還哭着回家，叫他們掛慮，太不像話。

他淋浴，走到飯堂吃麵，才兩口就吐出，改喝熱湯，緩緩鎮定下來。

他找到趙仰。

趙仰聽到章台聲音非比尋常，自課室趕到，一見他臉如死灰，眼角皺紋掛出，頗為吃驚，坐下不出聲。

章台緩緩把剛才舞室所見告訴她。

趙仰來回踱步，「可以告訴周家浚否。」

章台又開始為他人着想，「下班才煩他。」

「你肯定不止跳舞？」

章台吁出口氣，「周家寶目光與姿勢處處表露情慾渴望，她已出軌。」

「唉，台子，你形容得如此貼切，不如轉寫情色小說。」

台子忽然發作，「你們若再嘲笑我那本未曾完成的小說，我用柴刀砍死你們！」

「對不起，這不是揶揄你的時候，你打算怎麼辦，不幸我與家浚其實幫不了你。」

「也許，自你們幸災樂禍冷言冷語中，我會學到什麼。」

「台子，旁觀者清，家寶受你冷落，也不止一朝一夕，家裏熱鬧，你總不參與，凡事都沒有意見，讓家寶撐獨腳戲。」

「這是我天性，勉強不得。」

「你真想分居？」

章台不好出聲。

周家浚來接妻子，聽到冷笑，「台子你機會來了，這時提出離婚，家寶一定應允。」

趙仰說下去：「台子，周家寶叫你教壞，她一天到晚嚮往蜜意。」

「什麼！」

「你也教壞周家浚，他尋找虛無飄渺的柔情。」

章台氣得不能說話，「我——教壞周家浚?!」

不該叫這兩夫妻商議，周家浚現在披上羊皮，賊喊捉賊。

章台雙手又開始顫抖。

他三天三夜沒回家，蜷縮宿舍，思前想後。

第四天，自講室到飯堂吃飯，殷律師迎上。

又出動到律師，真是周家不良惡習。

殷律師也跟他叫一客免治牛肉飯。

「章先生你為何出走失蹤。」

「孩子們可有找我。」

「周媛先問『不見姐夫呢』。」

章台點頭，「我原是閒人。」

「大家都急，差些報警，幸虧小郭偵探說：這書獃子要不回自己家，要不在學校，知道你下落，就也不急，讓你靜一會，奇是奇在，周家寶說，你倆並無吵架，不知是君子絕交，不出惡言，抑或冰凍三尺，非一日之寒。」

章台不出聲。

殷律師說：「是相敬如冰吧，小郭說：『真沒想到是他倆』，我有同感。」

章台一怔。

「周家浚沒知會你？周家寶與他商量之後，決定與你分居。」

章台緩緩站立，握緊拳頭，「他教唆別人分妻！」

「別動氣，你知道周家浚的座右銘是『人生苦短，又多磨難，何處快活去何處，速離負能量』。」

「他如此教周家寶？我是負能量？」

「你看你，成日皺眉沉默，一派懷才不遇。」

「你請少管我的才華。」

「大家看到你臭臉，開頭是好奇：章子還有什麼不足？繼而生懼：他還不心足。」

「都是我的錯。」

「你絕對有錯，請在分居書上署名。」

「她有何條件。」

「你也猜到。」

「三個兒子？」

殷師點頭。

「我得有隨時探訪權利。」

「三兒不在內，他還小，探訪時需有第三者在場。」

章台氣到流淚。

「要分手的丈夫都應想到此點，全世界官都不會輕易把子女判男人。」

「她另有新歡。」

「你不能證明。」

「託小郭查證。」

「小郭說一聽你們周家的事就害怕。」

「我不姓周。」

「章台，周家寶還要求把三個兒子轉姓周。」

章台氣炸肺，「姓周，請你告訴她，打官司至樞密院也不行，你知會她，她也不姓周，別以為這姓氏有多了不起。」

殷師一怔，「章子你說什麼？」

「嘿，原來殷律師也有不知之事，你去問周家浚。」

他推開杯碟拂袖而去。

盛怒下什麼都揭開，互訴不是，互扣帽子，何處痛戳何處，看中要害，毫不留情，當初恩愛，化為青煙。

還是萬物之靈中的高級知識分子。

還未走離飯堂，章台已經覺得羞恥，但，他得保護自己，敵人拿起刀，他也得磨刀。

周家保母在宿舍門外等他，給他送羅宋湯及蘑菇雞肉餡餅，另外，司機抬來隻小小冰箱。

「孩子們說，可否前來探訪。」

「沒有心情。」

「是孩子們。」

「隔幾天再說。」

保母還替他準備了被褥及替換衣裳，一切仍照周氏規矩。

「以後，你們不必再來。」

保母不加分辯，靜靜離去。

又三天過去，彷彿由得章台自生自滅，終於，父母親來接，他始回家。

可憐爹媽，一聲不響，回到家，只見三個兒子都在。

大兒已經懂事，沒有意見，問好，回去準備功課；二弟放不下，抱住爸爸，最後也得放手；三兒最奇怪，還是問有無糕點，要吃。

翌日，正上課，周家浚怒氣沖沖在課室外大喊：「章台你這畜牲給我出來！」

學生們大奇，紛紛張望。

章台不得不回應，拉開課室門，「哪個潑婦，鬧到我辦公室。」

學生們大笑拍桌子。

門一打開，周家浚箭步上前，揮出左拳，接着右拳，兩記均中章台頭臉，章台冷不防踉蹌後退，跌倒地上，鼻子鮮血長流。

學生們嘩然，慌忙扶起老師，他嘴鼻噴血，流滿一身，地板上也迅速積滿一攤。

學生喊：「叫白車，快。」

周家浚留在現場，並無離開，他受驚發獃。

護衛員先到，連忙叫章台仰頭，設法止血。

「什麼事？」

章台含糊答：「我自己摔倒。」

護衛員看着眾學生。

學生們保護老師，「他滑倒。」

救護車到達，把章台扶上擔架，抬出上車。

章台不覺痛，知道整張臉腫起。

到急症室洗淨傷口，醫生告訴他，「嘴唇縫三針，鼻子已經止血，臉頰瘀腫，會得褪卻，你可以出院。」

天色已暗，在急症室三個小時，無人探訪。

取過外套，蹣跚走到門外，發覺一身是血，像殺過人似的。

他喘口氣，想叫車子。

有人拉住他，「台子，對不起，我們載你回家。」

一看，是趙仰，他回答：「我沒有家。」

「那麼，到我們家。」

「讓周家浚半夜再殺我一刀？」

「他很後悔。」

「走開。」章台說話含糊不清。

這時周家浚下車，走到章台面前，禮拜，「對不起，台子。」他雙目通紅，似真心懺悔。

趙仰說：「上車吧。」

「鎮痛劑叫我頭暈。」

「先到我們家休息，別驚動兩對老人與三個孩子。」

章台已疲不能興，聽話上車。

趙仰解釋：「周家寶已知她是領養兒，不能接受，精神異樣，都由閣下不守約揭發而起。」

周家浚嘆氣，「我起初也惱怒章台沒瞞她一輩子，可是，有必要保護她一輩子嗎，領養便是領養，不用在豬場過一輩子，已經夠幸運，如果認為豬農家庭也同樣有尊嚴，也可以即時回轉。」

「那你為何揮拳打傷章台？」

「一般傷人者都是一時衝動。」

章台不停喝啤酒，怨怒氣漸漸平息，只餘悲涼。

他說：「我告辭，周家浚，我不生你氣，我只氣自己口不擇言。」

趙仰勸止：「你還去何處，趕快淋浴更衣休息，明天再算。」

到浴室一照鏡子，他嚇呆，只見一個老伯臉腫如豬頭，血污處處，他嘆氣，自作孽，不可活，弄成這樣。

他渾身瘦痛，洗淨身子，換上周家浚的便衣，在客房睡着。

片刻，似有人叫他，醒不轉，隱約知道是個女子，含糊問：「是周家寶嗎。」

清晨醒轉，發覺頭臉更腫，一邊像紫心番薯，周家浚拳力驚人。

他問趙仰，「昨夜誰來過？」

「沒有誰，你睡得還算好，今晨，保母拎來白粥。」

「周家寶呢。」

「她獨自往百慕達度假散心。」

「丟下孩子們不理？」

「這十多年，她從來都帶着孩子，你說話公平些，即便是人妻人母，也得放假。」

「她帶着那舞男吧。」

「不干你事，你倆已經分居。」

「嘿，尚不及一個舞男。」

「台子，家寶受到極大刺激。」

「她自己想不開，三子之母，還堅持自己是周家之寶。」

三個孩子由小阿姨帶着探訪章台。

三個男孩比從前規矩。

大兒說：「殷律師已為我們上過一課。」

殷律師賺了學費。

「她說，百分之五十五夫婦終歸會離婚，叫我們對變遷節哀順變，父母照樣會愛我們，生活條件一切不變。」

「殷師正確。」

「我們三個，將搬到外公外婆家住。」

「你們可接受這個安排？」

「可以。」

「原來的家，媽媽說：讓給爸爸。」

「她呢？」

「她回轉陪我們住。」

這倒也好，切肉不離皮，為着孩子們，還是得回原先家裏，免得造成過份紛擾。

「爸你面孔為何瘀腫。」

周家浚立刻走遠遠。

章台答：「我老眼昏花摔了一跤重的。」人生路上，誰不摔跤。

「爸，我明年也許赴英寄宿讀書。」

「明白。」

「殷律師叫我學好詠春才走，她會介紹知名師傅。」

這律師是六國販駱駝之輩，什麼人都認識。

趙仰幫章台搬回自己家。

她漸漸揹上周家寶從前那份長工責任，管東管西，管頭管腳，全是浪費時間精力與她自身全無干係之事。

「周家浚打人見血之後心情如何。」

「每晚下班躲家裏看書。」
「他變了，此刻多正義正經。」
「聽說以前夜生活十分荒唐精彩。」
「我不會說什麼。」
「你們本似兄弟一般。」
「親眷、朋友，總有一日生分，分道揚鑣。」
「你要疏離我們。」
「趙仰，我們只是姻親。」
「台子，你不近人情。」
「我這輩子人情限額已經用畢，由你替任我在周家位置，我找到適合居所一定搬走自立。」
趙仰真想學周家浚那樣揍他。
小宿舍有好處，上下課方便。

章台腫着頭教書，主任見過他一次，聽説他鬧家庭糾紛，不好落井下石，只問候幾句，他本身去年才離婚，這年頭，尚未分手的夫婦，應獲政府頒一個獎章，天天戴襟上揚威。

一日，有稀客找他，噫，是小郭。

一貫伶牙俐齒的私家偵探竟無言。

倒是章台，微笑問：「你那位冧妹呢？」

小郭吁出一口氣，「她不願到本市與我生活，我倆好來好去，各自為對方生命添增色彩。」

章台哈哈笑，「找我何事？」

「太遺憾，滿以為你倆可一起白頭。」

「還有其他事沒有。」

「手頭上有些照片，證實周家寶與某男士來往已有一段日子，他們在市中心租有公寓。」

他取出一隻信封，裏邊有相片、文件與電腦鎖，「拿到法庭呈堂，你或可獲孩子撫養權。」

章台並沒伸手接。

小郭靜靜等他作出決定。

真奇怪，周家與章家兩對長輩，都不表示意見，倒是外人小郭，相幫章台，為他爭取。

章台吸一口氣，托着頭，「周家一向待我如上賓，迄今未說過一句重話，我不能叫他們難堪，一切安於現狀吧。」

小郭豎起大拇指，「好樣的！」怕章台後悔，立刻收起黃色信封。

章台低聲說：「利益歸於孩子，不是說，數臭一方，就懲罰到他，連孩子也罰在內，誰能判決是非？你看我這個人，疲懶逃避，躲在周家十多年，從未升職，一本書自大學寫到今日，始終只得第一句：『新年來了，新年又去，時光飛逝……』。」

小郭回答：「章台，一個人快樂與否，與名或利就沒有多大關係。」

噫，另外有一個人也講過同樣的話，是……一個叫岑輝的心理學專家。

「這些照片我不看了，彼此留些臉面，凡事留一線，以後好相見。」

「章台仍是章台。」

「小郭，我羨慕你與周家浚，久住溫柔鄉，她們可有吻遍你全身，在你熟睡時凝視你睡相，如是，確與名利無關，你們已是快樂人。」

「現在，你已比周家浚開心，他心中，會永遠有那個豬場存在。」

「你可記得豬場那可愛少女，一直送我們出大路，天真爛漫，不受物質沾染。」

「章台，我與你出去喝一杯。」

自由了。

新開的酒吧叫「荼靡」，小郭故意唸成茶非，「開到茶非花事了」，他說。

女侍應穿別致藍白印花土布上衣，酒保也是女性，厲害，她的藍布印花是一件肚兜，肉嘟嘟，騾看，有三分似那個冧妹妹。

小郭像是知道章台心想何事，低聲在他耳邊說：「不一樣，城市中熱情全假裝飾，是一種演技，無真實味道。」

果然，酒保媚笑着問喝什麼，那種甜膩，如似濃度過高的糖漿倒也罷了，但她的笑靨像糖精，全不是原味。

章台看到了。

小郭他們，是品笑專家，買笑賣笑，做慣做熟，日子久了，屬何種級數，一目了然。

章台嗒然。

小郭每喝一杯給一次小費，小費比酒價高。

他輕輕說：「人家露着肉身站着侍酒為的是什麼。」夠憐香惜玉。

終於站起，酒保笑說：「再來。」

幾乎午夜，酒館猶自擠滿客人。

章台問：「有無靜一些地方。」

「你要私人房間？」

「不不不，」章台驚慌，「我無意涉足情色場所。」

惹得小郭哈哈大笑。

章台自取其辱。

不能叫這傢伙嘲笑。

一日下午，他到靈糧醫院找岑醫生。

兒科在四樓，「岑醫生正在會診。」

自玻璃門看進，她坐一間會客室見小病人，那七八歲孩子一臉倔強，一聲不響。

看護說：「這是小志，因事被父母責罵，三個月不再說話。」

章台吃驚，「如此生氣！我家也有三個男孩，他們皮厚如犀牛，捱完責罵，照樣吃喝玩樂鬧個不休，下次再來，整個童年如此度過。」

看護大笑，「先生，你好福氣。」

室內那孩子堅持不說話，不久岑醫生出來，看到章台，一怔，隨即微微笑。

章台輕輕問：「可是疑難雜症。」

她點頭。

「也許，找一個年齡相若，相貌秀麗的小女孩好好勸他，可能有效。」

岑輝笑問：「你可是有資格聊天了。」

章台垂頭，「並非由我主動。」

「多可惜，十多年，三個孩子，前功盡棄，生命最大宗浪費。」

他們到小餐廳聊天。

岑輝輕輕說：「先把我毛病講一講。」

「我看不出你有紕漏。」

「別太樂觀，自灌迷湯。」

說得台子臉紅。

三個孩子的父親尚會靦腆，可愛。

岑輝說下去：「我不喜看笑片，因覺世界沒有那麼誇張的快樂，我吃比薩餅也需香檳作伴，我愛獨處，決定獨身，我重視工作，往往沒有下班時間，我有潔癖，拒絕濫用溫情。」

「嘩，痛快，不過，我只不過找一個說話的人，你不必緊張。」

各自先穿上盔甲護身。

兩人都笑，岑輝大力拍他肩膀。

「請教一下，男子結交女友，有什麼守則。」

「你當我半個專家。」

「你是心理學家。」

「男人，不可對過去女友發表任何意見，是好是壞，是褒是貶，均屬過去，請放下自在，這是男性最低限度的自重。」
「明白。」
「第二，男性不可問女性要錢，無論什麼身份年齡，有手有腳，生活要靠自身勞力賺取。」
「當然。」
「還有，給出去，當作是給女性的禮物，也不宜討還，那鑽戒無論多大，已經訂過婚，履行過合約，均屬女方，不可失格。」
都是說明白的好。
「所有人身與法律糾紛，都因有欠品德而來，吃虧不止女方，男方也從此叫人看不起，這是極大損失。」
章台一直點頭。
「分手很平常，但，要做得好看一些，請記得當初，如何苦苦追求，電話打個不斷，上門苦苦纏擾，分手就不必『唏，先下手為強，終於甩掉閣下』。」

章台為之汗顏。

岑輝說：「那樣，就差不多了。」

「如醍醐灌頂。」

「章台，你過於早婚，醫學證明，人類智力，待廿五歲才發育完成，試問怎可在廿五歲之前結婚，正所謂此一時也彼一時也，成年後想法、需要、準則，完全不同。」

章台看着聰慧岑醫生，心生仰慕，她瞭解人性。

「真不明白為什麼有人以為十七歲結婚可以維持到七十歲，婚姻是人生最艱難維持人際關係，不容輕易嘗試。」

如此清醒，決非戀愛對象。

章台會尊重她，仰慕她，但不會瘋狂愛上她。

這樣知己，其實更加難得，不過男子總想香軟擁抱。

他送她回家，小小鎮屋，在都會中價值不菲，岑輝說：「父母的福澤。」

章台點頭，忽然吻她的手心道別。

這時淅淅下雨，路邊有一年輕女子瑟縮避雨。

他走到車尾，取出一把傘，走近，遞給她。

女子抬頭，有一絲詫異，隨即道謝。

章台本想載她一程，但想到周家浚所說：你載不了那麼多，便落寞獨自上車。

回到周家，與三個孩子見面，他們真有趣，因不是天天與父親見面，故此準備小冊子，把要說的話全記下，大兒：可否換一個時髦點的理髮師，二兒：小阿姨生日，送何種禮物，老三：冰箱冰淇淋老是缺貨，不要香草要吃石板街……

章台再與保母說一遍。

一切均與從前差不多，查過手冊，成績稍進，都有B+水準，原來每天放學，接返之後，趕緊淋浴，然後吃點心，接着趕入房間寫功課溫習。

溺愛他們的外公外婆說，「媽媽即時回轉，快做好功課迎接」，三子忽成苦海孤雛，不敢不用功。

大兒說他最思念母親給的卜卜聲響吻，老笑問小阿姨：「可以照樣吻我臉頰否」，小阿姨笑着婉拒，「那是你媽媽的專權」，這小女孩真懂事。

周老兩夫妻出外應酬，章台剛出門，便接到周家浚電話，「台子，大事不妙。」

又是他周家大事，剛想拒絕，周少爺接着說下去，「家寶流落異鄉，人財兩失，需要搭救，這事不得告訴兩老，小郭會陪你出發到巴哈馬。」

章台一怔，「你呢。」

「我久未出門，護照丟一角過期，寸步難行，已盡快申請。」

那麼久未出門，真的變了。

「台子，丟下前嫌，救人如救火。」

「明白。」

小郭稍後來電，「台子，不必收拾，我有一些簡單衣物及日用品可借你應用，我們即上飛機。」

「周家寶怎麼樣？」

「她窩縮小旅館，護照及其他證件如信用卡均被那人盜取，她已到本市代辦處報失及領取若干救助金，但重新申請需要時間……」

電話有她求救片段，泣不成聲蓬頭垢面的周家寶說：「家浚，我只有你一個親人……」

章台想一想，腦子比任何時候都明澄，他找到殷律師，「快，幫周家全體盡快出發到巴哈馬度假，周家寶絕對不止一個親人，三個孩子與保母也一起。」

小郭遲疑，「這……不大好吧。」

「你不姓周，你可以不去。」

小郭連忙答：「我倆做先鋒。」

「讓我與周家寶説話。」

「那人連電話都偷走，那手電不是她的。」

「可有報警？」

「那人不用真名，她只知他叫李嘉度。」

糊塗，混帳。

這不是批判她的時候。

「巴哈馬是一組群島，她在何方。」

「首都拿騷。」

章台吁出一口氣，「還好，該處是旅遊勝地，設有飛機場。」

「你睡一覺吧，我們要在佛羅列達轉飛機。」

「她竟去得那麼遠，反正是一個太陽一個海，為什麼不往峇里。」

小郭答：「孩子們離家出走，都巴不得遠走高飛，倔強地讓家人四尋不着，叫不順從的頑固老人後悔一世。」

章台急得頭昏。

小郭讓他吃一顆藥，他昏昏睡去。

稍後他推醒他，「要轉飛機了。」

章台一聲不響，跟着小郭走。

「殷律師有消息：她已幫周先生太太他們訂一架飛機傍晚出發，約比我們晚廿四小時到達，同行還有三個男孩與周媛及趙仰，全體親人，不叫周家寶孤苦。」這種時候，有難共當，不必再瞞來瞞去。

周家寶真幸運，愛她的人，愛一世。

接着一程比較短。

小郭是世界遊客，一早訂妥旅遊車，司機是漂亮妙齡女子，一身古銅皮膚，短褲T恤是她制服，笑着迎上。

小郭說：「請速往蜃樓旅館，途中請勿作任何名勝介紹，快。」

司機一路根本不理紅綠橙燈號，一路疾馳，繞過市中心具規模酒店，去到市郊，在一間小旅館前停下，「蜃樓到了。」

章台苦笑，跳下車直奔蜃樓，心嘭嘭劇跳，希望不要失望。

跑到櫃枱前，竟不知如何開口，結結巴巴，淚流滿面。

幸虧小郭趕到，說明因由。

「啊，那位女士，她在這裏。」

小郭問何處。

櫃枱要求先結賬。

小郭交出信用卡及現金小費。

一個服務員指指沙灘，帶章台走。

那人說：「天天流淚，真可憐，起先不敢尋找親人，後來經我們苦勸，才打通電話，身上不餘一文，那人連她手錶手電都偷走，由我們一直墊付三餐住宿。」

章台由袋中取出若干美元給他，「謝謝你。」

「你是她什麼人？」

「丈夫。」

「嗄，你還來接她？」知道失言，連忙噤聲。

堤上坐着一個女子，全身佝僂萎縮，是周家寶了。

章台取過一塊沙灘大毛巾，走近，罩住她小小身子，抱緊緊。

周家寶抬頭，見是章台，呆住，嘴唇顫抖，不相信是他，說不出話，半晌，嗚咽，伏在章台胸膛。

他扶她一步步走回旅館。

小郭趨近，「好了好了，最要緊人無恙。」

看到前任章太太，嚇一跳，周家寶臉容憔悴焦黃，頭髮散亂，變成另一個人，那豐碩嬌嗔白皙的年輕闊太何在，再遲些她就變丐婦。

「我已替你們換了蜜月套房，另一間給周老夫婦，其餘人等，都分配到有景房間。」

章台點頭，這安排妥當，就這裏好了。
立刻有服務員走進侍候太太按摩更衣。
周家寶緊緊握住章台的腰。
「不怕，待護照出來，即時返家。」
周家寶緩緩蹲到地上，「台子，陪着我。」
服務員把她扶上按摩床。
台子說：「我倆一起享受，我在你身邊。」
真舒服暢快，服務員有母親般手，渾身緩緩按遍，繃緊肌肉鬆弛。
章台聽見周家寶說：「孩子們……」
「都很好，馬上就到。」
「你說什麼？」
「全家到蜃樓旅館接你回家。」
周家寶聞言痛哭失聲。

「噓，噓，看，周家寶仍是周家寶。」

她不能停止，飲泣不已。

服務員用熱毛巾替她敷面。

浸完浴，周家寶沉沉睡去。

小郭說：「這旅館不錯，市中心幾間反而俗氣。」

「周家幾時到。」

「明晨，殷師說老人家精神不錯，只當結婚四十週年旅行。」

「殷師也來？」

「她有一宗棘手官司，抽不出空，不過，周家浚已領得護照。」

「那就叫我放心，我們去喝一杯。」

「台子，我約了人。」

什麼，手足如此敏捷！

一看，有人在門外張望，是那年輕漂亮女司機，本來鎖眉的章台不由得笑出聲。

他倆雙雙去了。

章台一直伴着周家寶。

清晨收到周家浚電話，「我們已經在飛機場，看到小郭帶車來接，家寶情況如何。」

「我一直在她身邊，別擔心。」

「章台，謝謝你。」

「這是什麼話，爸媽精神可好，我那三個兒子是否聽話。」

「都妥，半小時後見面。」

周家寶掙扎起來梳洗。

章台替她叫早餐，陪她吃蜜糖麥糊，兩人許久未曾進食，只覺蜜糖清甜，怪不得有人稱愛侶為蜜糖。

「爸媽就到，化點妝。」

但周家寶手袋值一點錢，也告失蹤，那人也真夠歹毒下作。

服務員進來放下小包，「郭先生交給章太太。」

小郭這人恁地細心，可不是一包化妝品，還有一套運動衫褲。

周家寶深深吸一口氣，梳洗，更衣，但一夜之間，恢復不了舊貌，她用茶包敷腫眼，她必須站起。

章台正不知說什麼才好，門外人聲大作，周家浚的聲音：「我們可以進來嗎？」還未作答，門嘭一聲推開，他與趙仰帶頭衝入。

周家寶看見老爸老媽就在身後，忍住不敢哭，憋得臉紅，周太太拉住她手，大兒二兒撲上，只有小兒，拉着小阿姨手，大叫媽媽。

周媛上前，「姐姐，大家想念你。」

一家人滿滿擠一室，坐與站都不夠地方，小郭只得站房外。

一時房間嘈吵得像是周宅。

章台對趙仰說：「我想打個盹。」

趙仰說：「明白。」

章台微笑，「你最好習慣，周家情況可以更加忙亂。」

小郭說：「已經包下整間蜃樓，你隨便睡何處。」

章台昏睡。

隱約覺得所有人都擠在蜜月套房，連海鮮大餐都搬進房吃，一室腥氣，一直聽見三兒高聲叫：「小阿姨幫我剝蝦殼」，熱鬧。

漸漸，房裏靜下。

他被人抬到地下繼續睡。

半夜口渴起身，看到大兒也在地下睡他左邊，兩個小的擠母親身邊，橫七豎八，小腿擱周家寶肩上。

都不講出來，都希望爸媽可以在一起。

章台心酸。

他洗把臉到飯廳找吃的，沒想到周老與周家浚坐着喝啤酒。

四處有蟲鳴，一隻小蝙蝠輕輕飛入，即覺勢頭不對，吱一響，又飛出。

周老說：「世外桃源，一家人在一起，處處是好地方。」

周家浚說：「我打聽過，此地有毒販活動。」

周老忽然說：「台子，謝謝你。」

「爸折煞我。」

周家浚托頭，「我一直在想，家人錯在何處。」

「太保護周家寶，這才發覺她自小到大未曾乘搭過公路車，還有，在家每朝保母替她擠牙膏，實在寵得不像話，什麼都怕她受傷害，有學校不錄取也不敢據實告知……」

「沒事，爸，沒事，經一事，長一智。」

周家浚說：「趙仰喜歡這裏，我們打算多留幾天。」

章台微笑，周家浚已變愛妻號首領。

周老說：「台子，多虧你大方容忍。」

「爸真叫我汗顏。」

周家浚說：「我同一個朋友絕交，因為他與親密女友分手後不知多高興，女友越失意放棄，他越高興，證明他做得正確，她配不起他，這種人，對其他朋友會有善意？我想不。」

章台不出聲。

這時大家看到一個晶瑩銀盤似滿月掛在晴空。

周老說：「還是這個月亮，照着人類的癡嗔喜怒數億萬年。」

「爸你早些休息，我們明日要回轉。」

誰知周老也說：「我們兩老也想多留幾天。」

周家浚說：「有我與趙仰照顧，台子，你與周家寶先回家。」

「護照出來沒有。」

「小郭有辦法先取一張證書登飛機。」

人多好辦事。

結果，先回家的只有章台與周家寶。

周家寶進家門跪倒，不再哭，但比嚎啕更淒涼，恍若隔世，似隻亡靈，連自己寢室都找不到，開錯門，也不計較，睡到大兒床上，女傭來勸，才回自己寢室。

她定定神，對章台說：「你可以走了。」

章台答：「別趕我，我得吃飽才走，我要等殷律師。」

周家寶破涕為笑，她伸手撫摸章台頭臉。

周家寶吃足苦頭，再世為人。

殷律師到了，神清氣朗，一看就知道贏出官司。

她安排周家寶到醫生處檢查熱帶疾病，悄悄說：「那種人……」

章台難過。

陪周家寶驗血，趁空檔，殷師輕輕問：「有復合機會否。」

章台吁一口氣，「我想不。」

「不是畏世俗眼光吧。」

「殷師，那種感覺已經消失，我仍愛惜我三個兒子的母親，只餘責任與道義。」

「可憐的周家寶。」

「女子總是同情女子，周家寶仍是周家之寶，以後小心一點，心身遲早痊癒。」

趁空檔殷師再問周家寶同樣問題：「有機會復合否。」

周家寶神色萎靡，卻清晰回答：「我想不。」

「是因為臉面關係？」

「不，與台子已像兄妹，不欲激吻黐纏，算什麼夫妻關係。」

殷律師說：「那好，我替你倆做文件，專心休養，日後再戰。」殷師這張嘴。

她與章台說：「孫女士掛念囡囡，打聽最新狀況。」

「啊，可愛周媛短短時日完全融入周家諸人，如魚得水。」

「孫女士最近讓我寫一封信，推薦她重新入學讀書。」

「啊，讀什麼科。」

「原先她讀建築，成績不錯，懷孕、輟學，差兩年畢業。」

「啊。」

「沒想到她是好出身吧，不必內疚，這社會人人長着狗眼，直至那人騰達，又來不及膜拜。」

「殷師取笑我。」

「不，不是你，台子，你是書獃子。」

醫生報告出示，周家寶只是貧血。

章台放下心，返回自己家。

章母找他，「台子，外邊傳得沸騰，你是否應當向父母表白。」

「我與周家寶離婚是事實。」

章母悶一會，卜一聲放下電話。

章台連忙趕回家。

半生光陰，就這樣跑來跑去消耗掉，可以寫一本「我這一輩子」：父母蹉跎上半生，妻兒浪費掉下半生。

父母無言悲傷。

章父說：「聽說要把孩子們轉姓周。」

章台連忙答：「沒有的事，爸莫亂猜，周老不是那樣的人。」

章父略為放心，「齊大非偶。」

「不關其他人的事，是我與周家寶過不下去。」

「離婚不是好事。」

「但兩個人若果盼望的不是同一件事，那麼——」

「你還不心足，你希望什麼？」

「毋須寄人籬下，自由自主。」

章父嘆氣。

「別怕，一切如常，只不過分開住。」

章母接上去：「齊人結交異性朋友。」

章台沒想到老媽如此幽默。

他笑着解釋完畢離去，一邊太陽穴彈跳劇痛，解釋，真是天底下最可怕的事之一。

父母一定會原諒他，這十多年，他倆見孫子時間比較多，每月起碼一次，可是周家寶，除卻過年與兩老生日，恕不露面，她覺得世上沒有婆媳和洽這件事，實施君子之交，章氏兩老並無太大損失，他們只是怕親友面前不好交代。

那樣鐵鑄般好婚姻也會破開，世事難料。

說一切不變真非假話。

章台照樣到周家浚家作客，趙仰招呼周到，她好奇眼光發覺家浚褲管鬆垮，家浚答：「舒服」，但章台衣衫卻越穿越窄，好看得出奇。

漸漸學校上下諸人都知道他已經自由身，議論紛紛：「但還有三個孩子，擠不出時間給女友」，「他們毋須他贍養」，「別浪費時間」，「那樣英俊具內涵的男子，為他吃點苦……」，「日子久了，那一點點苦會變鹹苦」，都有點研究。

但是市面上實在缺少理想人選。

老傭人阿英最氣忿，「嫁我們家台子還要離婚，有得苦吃。」她漸漸又留長頭髮，「還是梳辮子整齊，或者不那麼長，清清爽爽紮得起就好。」

令章台想起另一個朝代的辮子風波。

有時，他只回家看報紙，獨得章老，喜歡也習慣紙張閱讀，翻開時抖一抖，啪一聲，神氣，這才叫看報。

閱報、喝茶，待孩子們來了才走，讓老人時時有兒孫陪伴。

一日，不想發生但無法避免的事終於發生。

章老遲起，章太先去視察，見他擁被熟睡，不去打擾，中午，略覺異樣，再去探視，發覺他已無生命跡象。

她擁抱着丈夫，一邊冷靜對阿英說：「叫台子回家。」

台子連忙請醫生。

周家浚見義勇為，陪着他趕回家，連衝三個紅黃燈，交通警察嗚嗚追上，台子清晰說：「家父在家身亡」，警察一言不發替他開路。

趕到家，救護車已停樓下。

跑上樓，腳步飄浮。

大門洞開，鄰居好奇張望。

醫生與救護員說話，章台搶前見父親最後一面。

他站在父親面前，靈魂忽然出竅，肉身歸肉身，好好站着，知覺飄離，貼近天花板，望下觀看，母親在床邊哭泣，父親臉容平和，救護人員把他放上擔架，蓋上白布。

章台卻人神不能合一，他努力掙扎想回到肉身，但不湊效，他聽見自己說：「怎麼會，爸，許多人活到一百零二歲，爸——」

這時，幸虧老好周家浚用力拍他背脊，呼一聲，他的靈魂重新附體，抱住母親。

周家浚說：「你陪伯母到露台，這裏我負責。」

母子都沒有哭泣，只是相擁。

章母輕說：「我昨夜還聽見他打呼嚕。」

章台作不了聲。

到門口，周家寶與大兒趕到，鎮靜地說：「我與父親跟車送祖父，媽媽陪祖母。」

章母不住點頭，周家寶走近握住章母手。

祖孫三代都在救護車上。

大兒說：「讓我看祖父最後一面。」

救護員掀開白布一角，只看到灰白頭髮。

大兒不服，「不是有人活到一百零二歲嗎。」

沒有人可以回答。

全靠人多，分組輪流陪章母，周氏夫婦，大兒與二兒，周媛與小兒，周家浚與趙仰，當然還有章台與周家寶。

章母一句「沒有意思，我想隨着去」，眾人放聲痛哭，小兒大聲喊：「嫲嫲，還有我呢，我怎麼辦。」

後事安排得妥當，照章父生前意願：不公佈、不用儀式。

周家寶在章母耳邊悄悄說：「媽，替你搬個家可好。」

章母搖頭。

「那麼，我作主，粉刷一下，你暫時與台子住。」不知幾時，她作起主來。

就這樣說好，客房搭張小床，二兒就睡祖母身邊，他這樣作文：「祖父說去就去，去何處，都說是另外一個更好世界，在那裏，不用擔心任何事，但我們從此見不到他，十分傷心。父親本來被稱書獃子，此時更加傻氣，每句話講三次他未必聽得見，祖母忽然老了許多，她無暇再染頭髮，衣服也不願換，母親終日陪着她……」

老師感動甚，給了甲級分數。

章台覺得嬰兒出生，也不擇日，颱風、地震，要生就生，飛機上車子裏，甚至街邊，一點通融餘地也無，可惡之極。

既然生與死都半點不由人，其餘的，不知還有什麼好計較。

舊居重新佈置，原來寢室改為書房，兩間小客房打通成為章母寢室，安排頗佳，周家寶總算盡過媳婦責任。

阿英躲休息間一直流淚，她與章太太一樣，在這間宅子逗留了差不多四十年，初來上工，小兩夫妻一個嬰兒，那時月薪一千八百元，太太每日下午必自辦公室趕回餵人奶……許多人挖角，阿英不為所動。

周老説：「怎麼是他走先，我一直以為是我。」

周太加一句：「好人早走。」

周老即時噤聲。

一向是章台為周家做志工，這趟動用周氏全家，為章氏操勞。

章台忽然氣平。

好一陣子沒見岑輝，他告知詳情。

説着説着，忽然在人家家中盹着。

夢中看到老父，神氣像什麼品牌代言人，西裝筆挺，笑容滿面，「台子，你要節哀順變，這是人類命運」，笑着笑着，人影消失。

他驚醒，訝見岑輝伏在他身邊，鼻息相當重，可見也極之怠倦。

她一隻手放在章台胸上，不是在衣服外，而是在襯衫內，手掌炙熨，貼着他皮膚。

章台動也不動，他享着這一刻難得溫存，雙目潤濕，人生無限辛酸，少許溫存。

這時岑輝也醒轉，她縮手，章台按住。

她笑說：「我去做煙肉雙蛋與咖啡。」

「稍等一會。」

他輕吻她鬢腳，岑輝沒有抗拒。

這一小步章台用了三個多月，他真慢熱。

岑輝雙臂繞住他腰身，可憐的台子，離婚不久又喪父，雖說成年大男人應當有力承擔這些變遷，畢竟是打擊。

「奇怪，」台子說：「並非痛不欲生，但肯定體內某處，已經被挖走消失，再也補不回來。」

「形容得極佳。」

「三十六歲了，我。」

岑輝忽然笑，「哈，我比你大一歲。」

章台沒想到，有點意外。

岑輝起身做咖啡，兩人都沒有意思上班。

「那患者小志，願意說話沒有。」

「尚未。」

「我找兩個志工幫你。」

「什麼人？」

「去到你便知道。」

章台約的是大兒與他的小阿姨。

大兒表示「小阿姨去的地方若不帶三弟，他會鬧情緒」，那只好帶他一起，「二弟呢」，好好好，整家出動。

岑醫生駭笑，也終於批准。

她說：「台子，我是否要與你家人會面。」

「沒這種必要，除非你喜歡熱鬧。」

四個孩子進到診室，各自坐下，連主家小志共五人，他們自我介紹，小志不出聲，卻多看周媛一眼，長得漂亮總吸目光。

周媛與大兒自顧自低聲談話，題目令坐在鄰室單面玻璃觀察的大人嘖嘖稱奇，孩子們談論的竟是量子電腦。

——「普通電腦運作，電力通過為1，沒有電力，為0，是兩進位系統，量子態，容許包涵更多複雜信息。」

「是，平常電腦字元開或是關不是1就是0，量子態複雜：物體可以同時是粒子與電波，量子態不確定性，允許更小的電腦容納更多信息。」

「這是量子電腦令人興奮之處。」

章台與岑輝面面相覷，沒想到初中生知識已去到這種程度。

這時周媛提出一個很好問題：「那麼作為學生，我們是否應當即時開始學習運用量子電腦。」

章家大兒答：「我倒不擔心，我們是用家，製造商一定想盡辦法便利用家。」

那小志睜大雙眼聽得津津有味。

二弟忽然問：「那麼，可否仍然在電腦看到大胸美女？」

章台雙眼凸出，啞口無言。

岑輝掩住整張臉笑。

那小志忽然表白，「我就是因為在電腦看那個遭家父嚴責！」

啊，原來如此。

岑醫生終於恍然大悟。

這時大兒所言，更加令大人瞠目，章氏大兒說：「你還在看情色網頁！最近一期時代週刊嚴謹報告一個現象：據真實數據證實，自青少年期開始沉迷類此網頁者，成年後不能與女伴發生正常關係，紛紛向醫生求救，他們是第一代受害人，我們許是第二第三代。」

岑醫生說：「喲，我也是剛剛讀到這方面報告。」

小志驚說：「有這種現象？」

周媛大大方方說：「是今期時代週刊？我也得一睹為快。」

章台發獃，他這個成年人根本不沾地氣，不知廿一世紀少年智力發展到何種地步，枉為人父，他站立喘氣。

岑輝拍他肩背。

難怪他們覺得與大人無話可說。

小志接着與周媛他們交換通訊號碼。

岑醫生走進會診室微笑。

小志開口說：「岑醫生你好。」

「還有十五分鐘，我們到餐廳吃冰淇淋。」

冰淇淋，永不過時，永遠討好。

章台聽見三兒說：「大胸美女……」

岑輝連忙輕聲叮囑：「人家如沒穿衣服，不論男女，都不要看，沒有禮貌。」

小兒說：「啊，沒禮貌。」

章台頭暈。

回到家，捧住頭，不知說什麼才好。

第二天，岑輝與他一起吃晚飯。

「多謝你提供的志工。」

「小志恢復言語了。」

「而且不再瀏覽該種網頁。」

「父母不宜氣急攻心，只罵不教。」

「台子，那明敏過人的女孩是什麼人？」

章台把關係細述一遍。

「啊。」岑輝若有所思。

章台說：「我們也有顧慮：她要計算我那三個兒子，易如反掌。」

岑心理醫生答：「周家浚亦聰敏過你百倍，他卻待你赤誠。」

這是事實。

但願四個孩子長大，與他倆一般和睦，互相輔助。

岑輝笑，「將來誰要追求周媛，可要先過這三關。」

「你可想見我母親。」

「再耽一會，過渡期起碼一年。」

「你怕人非議。」

「怕有人心裏不舒服，予人方便，自己方便，分手後另結新歡乃正常之舉，卻不必來不及放鞭炮慶祝甩掉舊人。」

這也是心理學。

一次，無意中碰頭。

岑輝想吃道地手打牛肉麵，他倆坐在店堂小枱子，沒多久，周家浚自廂房出來，「台子，爸媽說相請不如偶遇，請一起裏邊坐。」用眼神示意，周家寶也在房裏。

岑輝大方婉拒：「我們已經吃完，下次吧。」

章台連忙答：「下次，下次。」

他們只在房門寒暄。

三個孩子與小阿姨都在。

大兒說：「吃完我們去探訪祖母。」

說幾句章台便偕岑輝離去。

岑輝沒講話，公開對別人家眷評頭評足是不適當行為。

她只說：「周家浚忢地英俊。」

章台說：「他們沒知會我，我已不屬他們一分子。」

岑輝笑答：「恭喜。」

「為什麼不願一起坐下。」

「我不喜右邊前妻左邊後妻，一臉和睦十三點兮兮樣子，我一個友人說得好：可以做朋友，為何還要離婚。」

他們兩人都不喜看電影，嫌人多吵嘈，空氣欠佳，場所骯髒。

章台說：「我回家做功課。」

半夜岑醫生來電：「她不算很漂亮。」

「誰？」

「你前妻，那穿藍衣的女子。」

「那是周家浚之妻趙仰，周家寶穿黃衣。」

女人到底是女人。

沒多久，周家寶也有電話到，「那鬼鬼祟祟不願入座女子一味躲你身後是你新人？」

章台哪敢出聲。

「你手腳快過想像，可見大家都看錯你。」

「對不起對不起。」

「對不起什麼。」

「害你們看錯我。」

「為什麼又乾又瘦，我以為你喜歡胖嘟嘟。」

「是是是，我累了，想早些休息。」

「她在你身邊？」

「我一個人，再見。」

第二天，提早到課堂，學生陸續來到。

主任秘書忽然出現，「章師，主任要與你說幾句話。」

「現在？」

「主任說，只需十分鐘。」

章台已有不祥預兆，他輕輕對學生說：「你們自由溫習。」

他靜靜走到主任辦公室，敲門進內。

主任說：「章台，請坐，」臉色陰晴不定。

章台作平靜狀，待他先開口。

「章台，校方不打算與你續約，暑假後你不必返校，請交還宿舍。」

果然如此。

章台頭頂一涼，心沉到腳底，禍不單行。

他靜靜站起。

主任解釋：「近一年，你缺課次數多達三分之一，大家都知道你家中有事，但家家都有三衰六旺，工作歸工作，你說是不是。」

章台唯唯諾諾。

「你趁空檔妥當處理家事，也是好事。」

章台一句話不說，轉身離開主任室，就這樣，他成為無業漢。

回到課室，他教完那堂課，走到校園，抬頭看到海闊天空，但他章台已無路可退。

他沒打算訴苦，他確有失責之處，但晚飯期間，忍不住淡淡向岑輝講出。

岑輝沉默。

她反應比章台想像中強烈。

原以為她會說笑：「喲，你終於可往補習社大展鴻圖，月入萬金。」

她只問：「校方可有給你推薦信。」

章台沒想過要即時找工作，無以作答。

「工作是男子第二生命。」

「我相信我會找到工作。」

「章台，你已年近四十。」

「岑輝，為何悲觀，你不是以為這個叫章台的男人連自身都養不活吧。」

岑輝說：「我不想在飯店開辯論會。」

她站立離去。

這是他們第一次鬧意見，沒想到是為他失去的收入。

章台沒追上道歉，什麼樣年紀做什麼樣事，他已是三子之父。

他結賬，自問還算冷靜，手卻顫抖。

一份那樣稀疏平常工作，十年未獲賞識，丟了也就丟掉，過去十年，他失去的何止那一點點東西。

回到家，三個兒子過來做功課，小阿姨也跟着，女傭伴同做晚餐，一屋熱鬧。

章台聽見周媛清脆用法語與同學講電話，氣已消卻一半。

她仍稱台子為「姐夫」，「姐夫，烤豬扒飯合意否。」

章台連忙點頭。

但她隨即被孫女士接去見客。

她低聲同姐夫說：「是媽媽男朋友，一個韓國人，我不想見他，又怕媽媽不高興。」

章台怪心疼。

「她若是同韓國人結婚，我必不與他們共住，我去寄宿。」

這是小姨子第一次與他訴心聲。

他陪周媛到樓下，看到孫家司機把車駛近，他把周媛送上車，看到那韓國人，相貌堂堂，禮貌周周，看不出什麼缺點，但知人口面不知心。

他在周媛耳邊說：「有什麼不高興，同姐夫講。」

他們走了，周家淩與趙仰來訪。

三個孩子爭哪塊豬扒大，「別忘記那個叫孔融的傢伙與他那些梨子寓言！」

「章台，你辭去教職？」

當然，趙仰與他同一間學校，消息傳得快。

章台點頭。

「真好，快到公司幫忙，我與你平起平坐。」

章台答：「那是周氏企業。」

「台子，別迂腐。」

「我與周家寶已經分開。」

周家淩指着三個孩子，「分開，分得開嗎。」

章台不能作聲。

「你休息過後，代公司到加國西北區看一看鉻礦，此刻全球百分之六十鋼鐵由中國生產，鉻鋼十分重要，我把資料給你送來。」

他說完與孩子們說話。

趙仰走近安慰他，「教職不過餬口耳。」

「我不覺痛苦，這一陣我都麻木了，失妻失父失業。」

「快別這麼說。」

「你看神奇小子周家淩，忽然擔起重任，還樂不可支。」

「還小子，我們都中年了。」

「你們兩人真不打算要子女？」

「那三名也就是我們孩子。」

「周家浚眼光真好。」

「你也不錯。」

稍微歪了一點點。

章台沒有主動聯絡岑輝醫生，可以想像她也忙得透不過氣，兩人明顯疏淡。

章台並不空閒，他在研究周家浚給的資料，散漫無比一大堆，要整理也不是容易的事，棄置不用文件也堆滿一桌。

章台聘請大兒和小阿姨整理圖表，把錯誤剔出，重新打印，按年份把礦場探測報告詳細列出。

小阿姨細心，比外甥做得整齊。

周家浚笑，「我怎麼沒想到用童工，先找殷師談一談，有無違法。」

少年心思靈空，手指靈活，精力充沛，確是好幫手，故此古人喜用童工。

「爸媽好嗎。」

「與園景師一起種植花卉，栽了紫藤，説待大兒成年結婚時可在花樹下拍照。」

章台微笑：前人栽樹，後人乘涼。

他把周媛的心事告訴周家浚。

「喲，此事嚴重，約她們母女出來談話。」

趙仰問：「那韓人叫什麼名字，叫小郭查一查。」

「笑死小郭。」

「韓人不是姓朴，就是姓金。」已經不喜歡他。

「別叫朴媛就好。」

「那怎麼可以，囡囡真姓周。」

「我就知道會有蹺蹊，請殷師。」

偏偏約好律師，岑輝同一日找章台。

「可否晚一個小時，我有要事。」
岑輝本來就不高興，一聽更加不悅。
「那不如改約。」
「五點整我在家裏等你。」
章台趕往殷師辦公室。
章台見所有人都在場，他想退出辦自家的事，卻被周媛輕輕拉住衣角，「姐夫」。
身不由主，留下。
孫女士相當磊落，她說：「我還有大半輩子要過，不得不作打算，朴先生已有成年一子一女，我也不打算再度生育，故想帶着囡囡同往首爾定居，殷律師告訴我，周先生反對，我明白他顧慮，不過，囡囡總不成一輩子寄宿。」
趙仰輕輕說：「周媛可與她大哥同住。」
「這是一輩子工夫，極大責任。」

「明白。」

聽到這裏，周媛雙目通紅。

看到少女如此難受，眾人惻然。

「我不想女兒成為人球。」

「周先生決不允許這種事情發生。」

孫女士忽然生氣，「周媛你忤逆，這些年你目睹我苦處。」

周媛忍不住流淚。

周家浚開口：「這樣說太不公平。」

「不用你指點我如何教育女兒。」

章台說：「一些父母，一旦子女與他們意見相左，便名之為忤逆，譬如說，兒子不讀法律，一定要學音樂，便是忤逆，其實，父子均無錯，只是意願不同。」

孫女士不出聲，隔一會說：「你們愛惜周媛，我十分感動。」

殷律師說：「周媛會有自己寓所，大本營在家浚處，她與章家三兒親若手足，也可往章家休憩，比獨自在首爾陌生環境生活，舒適得多。」

章台與周家浚異口同聲說：「就此拍板。」

孫女士說：「將來，要控訴我放下囡囡不顧的吧。」

趙仰說：「咄，你理那些人，我第一個替你作證。」

孫女士啼笑皆非。

周媛說：「母親，請求你，讓我與生父在一起。」

眾人爭論不休，差些忘記大能周先生。

有人推門進室，周先生出現。

孫女士所等，也就是這一刻。

他輕輕說：「淑子，女兒，當然是跟着生父。」

孫淑子站起，「你說了算，周先生。」

大家鬆口氣，孫女士很好，她並沒有要求什麼，她只需周老一句話。

章台他們，蝦兵蟹將，不算什麼。

章台一看時間，已經六時，他遲大到。

周家浚說：「一起吃飯。」

章台說：「我還有事。」

「家人重要，不可推卻！」

章台趕出門，小周媛拉住他，「謝謝你姐夫。」

「我們都愛你。」

岑輝面若玄壇。

章台一進門就開冰箱，獨身女子廚房如同虛設，只得牛奶果汁。

章台不待審問，感慨萬千，一五一十交代。

岑輝冷冷問：「關你什麼事？」

「家人。」

「周家事已與你無關。」

她說得也是，離了婚，就該終止關係。

岑輝說：「周家已鑽到你皮子底下，你不願離開他們的慷慨、同心、熱鬧、富庶，多姿多采，你早已成為他們一分子，下意識，你也姓周，不日你將加入周氏企業工作，正式受薪，任何女子與你在一起，均無身份，不過也是周家姻親，章台，我不稀罕。」

話就說得十分明白。

「我原先以為你離婚是為着脱離周家影子，我十分欣賞這種做法。」

「我不能斷六親。」

「現在你知道了，我們來往多久，一年零三個月，我曾真的喜歡你。」

章台站起，鞠一個躬，「抱歉，岑輝。」

「看樣子你還要走下一台，不阻你時間。」

岑輝打開大門。

章台走到街上，打一個冷顫，她們都不近人情需索全部，除卻一顆心，還要靈魂。

本來這次上門，他想對岑輝説：「以後周家事我將量力而為」，但不行，得全部歸她。

電話響：「台子你在何處，我們在大上海，購得了一批上佳黃油蟹，豐碩美味無比——」

章台答：「我馬上來。」

不能夠與親友吃飯也不行。

周家浚叫司機送半打給父母，「章伯母也有兩隻，老人家多吃不好。」

不一會，蟹殼一桌子，又喝白粥。

趙仰説：「我見今年勃伯利大衣式樣大方，訂了幾件給老人家。」

「別忘記孩子們及周媛，還有殷師。」

「那自然，哈哈哈。」

那名店要給周家廣告費用。

章台忽然想起，「周家寶呢？」
「周家寶在家靜修，暫停外出飲宴。」
真多搞作，皆因吃飽無憂米。
「聽說不讓說話才叫靜修，需單獨隔離。」
「如何吩咐傭人辦事？」
「奇哉怪也。」
章台說：「我回家看家母。」
「帶些甜品給伯母。」
屋裏只得章母及老傭人阿英。
章媽說：「拆出蟹粉下麵，十分美味。」
章台坐母親身邊。
「老覺得你爸仍在屋內。」
章台不能說好，也不能說不好。

他摟着母親肩膀，說着兒時種種。

「岑伯母告訴我，你與他們家輝女約會。」

「思路不合，掙扎半晌，不得要領，知難而退。」

「是怕那三個頑童吧。」

「他們是好孩子。」

「當然當然，我是他們祖母。」

「我自家事我能處理。」

「教職呢，聽說你辭掉了。」

「長年累月吃開口飯，勞累之極，想轉變環境。」

章母點點頭，不說話。

「我以為媽會教訓我。」

「台子，你只要在我身邊就好。」

這時門鈴一響，原來是周媛送甜品水果。

章母說：「周家是好親家。」

周媛帶來毛衣樣子，懇請章母教收針。

章母興致到，津津有味指教。

「明日我也買些毛線幫三兄弟織衣服。」

稍後說到將往首爾的生母，周媛感喟，「希望母親有好日子。」

章台說：「不喜歡可以回轉。」

章母連忙說：「台子太悲觀。」

「維持婚姻，在今日，竟變成學問，從前，不是說要彼此容忍、互相遷就嗎，現在，心理學家竟認為到了需要忍的地步，已算失敗。」

章母駭笑，「不准對孩子說這種話。」

她不知道，周媛是小大人。

稍後，章母見累，章台送周媛回家。

上車她問：「姐夫為何離婚？」

「不同小孩子談這些。」

周媛微笑，淡淡秀美笑靨不似孩子。

家境異常，小孩成長快速。

「你是跳班生，可是將升大學。」

「姐夫十分關心我。」

「何止我一人，周先生可有意見。」

「他很寬容，只說大學四年是一種生活經驗，無論校名科目，學的是做人處世。」

「周先生說的是大道理。」

「你呢，姐夫怎麼想？」

「大學是具控制的人事實驗室，千奇百怪，規模略小，卻式式具備，各種人等事態，光怪陸離，我想周先生希望你在本市就讀。」

「為什麼大弟可往外國。」

「大弟是男兒，噯噯噯，聽我說下去，你想說男女平等可是，想要平等，先得明白，先天有些事永遠不能平等，譬如說懷孕生子這件事，新聞上常見十六歲小母親被控丟棄嬰兒，那生父呢，蹤影全無。」

「同姐夫說話真有意思。」

「讀過學士，你可到外國海闊天空讀碩士，記住，不必急急談戀愛，有什麼事，周家一隊兵替你出頭。」

周媛笑出聲。

「嘿，我與三個孩子也如此說。」

「可是姐夫早婚。」

司機先送周媛回孫女士處，然後才送章台。

一朵明白你說什麼話的秀美女子叫解語花。

那晚，台子睡得比較好。

第二早醒轉，見已八時，連忙趕往公司，免人家說他黃馬褂。

周家浚比他還要早。

把加國西北地帶鉻礦場衛星地圖放得老大攤桌上，「看，台子，為何乏人投資。」

「需與原住民討價還價。」

「老生常談，總有辦法磨合。」

章台再仔細看一下，「沒有公路。」

「對，全是山路，不好探測，況且原礦出入，最好有鐵路才方便。」

「要蓋鐵路，家浚，你要考慮。」

「我會往內地尋求合作伙伴，只說當年美國建造巴拿馬運河也是先造鐵路。」

「你計算過利弊。」

「你看我，塵滿面，鬢如霜，都是思慮得多，嬌妻怨我閨房之內心不在焉，都是公事害的。」

章台笑得站不直。

做足一個月，會計部發薪水，章台一看數字，就知道黃馬褂穿牢牢，他的頭銜是工程顧問。

他請小郭喝酒。

竟成為朋友。

什麼叫朋友？從那人嘴裏聽得到三成老實話，已算良朋益友。

小郭嘴裏，至少有一兩成實話，合格有餘。

兩人對酌，小郭羨慕他，「你看你台子，不必籌高昂大學留學費用，由家長代勞。」

「這是真的，否則一共三名，如何揹得起。」

「是否一定要讀大學？」

「學徒制廢除，又再無舖保人保，也只得靠大學文憑。」

「周家浚比你還幸運，要玩有得玩，要花有得花，想結婚，又結得了婚，妻子與他同心同氣，不加約束，想回頭，他身後還有路，像是活了精彩三輩子，其實才三十多。」

章台點頭。

「誰會想到他是豬棚出生的領養子。」

喝多幾杯嘴巴疏漏。

章台用眼色阻止。

「難以想像周家浚會修身養性。」

這時有女子走近，「你們是家浚朋友？他去了何處，好久不見他，四處都說不見他人，市面頓時冷落不少。請轉告家浚，大家想念他，我們都沒人請客啦。」

章台微笑，「今晚我請。」

仍不罷休，「家浚在何處？」

「他結了婚，又接收父親公司做主管，不再夜遊。」

那女子倒吸一口氣，失望得鼻子發紅，似不明白世上怎會有如此不幸之事發生。

小郭連忙叫酒保開香檳。

他感喟，「明日我去了，不知是否有女悼念。」

章台拍打他背脊，兩男一起離開酒吧，新世紀剛開始，已有世紀末風情。

小郭仍住失修老房子，這幢磚屋因位在貴重地皮區，有建造商高價收購。

周家浚忠告：「別做釘子戶，最好以舊換新。」

「新樓都像豆腐乾。」

「那麼，搬遠些。」

「老人住旺區。」

章台慶幸他不必為住所煩惱，他得到周氏家族福利，塵埃落定，他果然是一個老面皮的人，岑輝看穿他。

周媛母親低調結婚，發帖子請周家觀禮，他們婉拒。送了厚禮。

周媛也不想列席，周家浚說：「大家都抽不出時間，雖是春假，台子，你帶媛妹往西北區礦場做考察。」

「孫女士會失望。」

家浚說：「我也時時對世事失望，豈能盡如人意，但求無愧我心。」

「總得有代表吧。」

家浚說：「本來這種棘手事都由章台你做，此刻由我與趙仰擔當。」

「再好沒有，但由我單獨帶一個女孩子出門……」

「有一男一女助手跟着一起。」

周媛心細，詳細做資料，帶什麼衣服準備何種儀器都列清單，是名周到好秘書。

三弟不忿，「小阿姨去哪裏，我也跟着走。」

「她跟爸爸出差做實習，不能老陪你，將來她讀書、結婚、遠行，也不能帶你同往。」

那小童怔怔思想，果然如此，突覺人生無趣，只得低頭自顧自玩耍去。

章台嘆口氣。

他這次出門也不容易，不過到底走到現場，勝過紙上用兵。

他們在多倫多落腳，大都會，熱鬧，助手高興不已：「真是自由之邦，大麻合法，墮胎合法，同性婚姻合法，還有最重要一項：安樂死合法，小學便開始上性教育，我將來也要移居此處。」

章台低聲對周媛說：「不要與保羅多說話，也不要跟安妮出外夜遊，小心，你尚未成年，跟在我身邊。」

周媛微微笑。

尚未出發到西北區，一日，看到保羅買一小瓶綠色玻璃瓶飲料給周媛，立刻瞪眼，保羅好不訝異，「章先生，只是礦泉水。」

章台這才罷休。

安妮與周媛買靴子，他也跟着，安妮大奇，既不是他出錢，也不是他穿着，他跟着幹什麼。

兩個助手聰明，漸漸與周媛保持距離。

安妮說：「章先生管制甚嚴。」

「他有他苦處。」

「許多人說，姐夫對小姨有某種情意結。」

「你有姐夫嗎？」

「我姐夫不但不照顧家庭，也不會呵護我。」

「看，各有前因。」

「百般呵護，也不是辦法。」

「前任章太太也是在如此保護下長大，是隻玉瓶兒。」

「那樣才離的婚吧。」

「嗯，莫說人非。」

「對，對，對。」

「周媛這女孩，漂亮懂事，使人忍不住想親近她。」

「若干明星也有此特徵，那叫魅力，看到周媛，心情忍不住愉快，陰霾盡去。」

「真羨慕。」

店員忍不住奉承地問：「周小姐你是亞洲一位電影明星吧，韓國？香港？」

周媛善解人意，他們三人相處不錯。

安妮接收到孫女士的結婚照片，夫妻兩人都穿着小禮服，端莊漂亮，但是人一上年紀，最先顯老的是照片，不是真人，五官向下墜，總顯疲態，孫女士也如是，現在她是朴太太。

安妮見周媛情緒低落，建議到康樂中心跳健康舞，沒想到該天舉行聯誼會，介紹該區新移民互相認識，音樂一起，竟是七十年代的哈騷排舞，安妮大樂，她帶頭，一字排開，熟練舞起，不外是左踏步，右踏步，拍一下手，左腳抬起，扭一下腰，轉身，再踏步。

周媛一看即會，章台滿頭大汗，趕不上保羅，終於，周媛拉着他手，逐步做，終於跟上，但人左他右，大家都笑，他也笑，蹲倒地上。

安妮與周媛合力拉起他，笑與跳，都出一身汗。

保羅取來兩瓶啤酒與兩杯礦泉水，大家站到露台看夜色，沒想到城市之光遮不住一天繁星，兩個女生讚嘆不已。

若換是周家浚，立刻可以指出這與那星座，以及喝什麼酒才配合如此良夜，但章台不懂，看半晌，高興地說：「我看到奧賴恩即獵戶星座那條腰帶三顆大明星。」

大家鼓掌，章台不好意思，返老回童了。

整理妥當資料，他們與當地礦業經理出發現場考察。

經理是中年人，一路上告知客人，當地青年算是不抗拒當藍領，「薪水與福利都好，他們懂算術，市內辦公室年薪頂多四萬元，礦場八萬。」

所有礦場環境都惡劣，出乎意外，工作人員女性佔四分一，不算少。

周媛緊貼姐夫身後，巡視環境，天忽然下雨，不到十分鐘，化為濕雪，接着，變鵝毛大雪，安妮扶緊安全頭盔，「好美，一下子看到水份三種形態。」

工人全不在意，司空見慣，不躲不避，在雪中操作，其中一個大塊頭說：「請上挖掘機器」，協助周媛與安妮上車，駛往礦場邊。

周媛興奮，車身有兩個人高，與安妮握緊手，享受難得經驗。

握着礦石，工頭這樣說：「這地下寶藏並非取之不盡，需精明運用。」

回轉頭，太陽又出現，章台與保羅剛開完會議，與周家浚通過電話。

看到華洋雙方努力握手，笑容滿面，便知會議成功。

當夜他們在工人宿舍度宿，吃燒烤，原汁原味，味道奇佳。有一種食物，叫章台嘆為觀止，起初見孩子們圍攏，不知為何物，他們在桌上鋪一層刨冰，再加一種蜜汁，然後用一枝棒捲成天然棒冰，章台嚐一下，清甜沁喉，周媛上來解釋：「我問過了，這是楓樹蜜，在樹上割一刀，蜜汁自然流出，用一隻罐收集了便可以吃，起初，土著見松鼠不住舔食，隨後，他們也接着吃。」

章台瞪大雙眼，有這樣好的事。

保羅說：「我決定移民。」

章台問：「土著是愛斯基摩人吧。」

周媛說：「愛斯基摩是『人客』之意，白人不明白才作此語，現在叫印紐族，與白人仍持異見。」

「他們會喜歡華裔，華人的宗旨是『大家有飯吃』。」

那晚，大家辦公到近天亮，騰出時間，往觀尼亞加拉大瀑布，那壯觀叫遊客目瞪口呆，長途跋涉也值得。

安妮要坐船近觀。

章台猶疑，「我想不。」

「很安全，姐夫，一起去。」

「西岸有隻觀鯨船不小心被鯨魚一尾打翻，兩名遊客身亡。」

周媛悄悄在他耳邊說：「姐夫像小老頭。」

章台心一軟，跟着下船。

水流如萬馬奔騰，根本說不了話。

但是章台卻聽見周媛的聲音：「你是會等我的吧。」

他一怔，怕是聽錯，轉頭看牢周媛，心靈震盪。

穿着黃色塑膠雨衣的少女臉上濺滿水珠像小水仙，她輕輕點頭，章台知道他沒有聽錯。

觀光船駛入水霧中，章台更不踏實，周媛輕輕握住他的大手。

上岸時保羅大聲說：「朝聞道，夕死可矣。」

「不，」安妮笑，「我還要看芬地灣最高潮汐。」

「不是在錢塘江嗎——『何時歸看浙江潮』。」

旅途愉快之至，保羅與安妮如度蜜月。

周家浚在地球另一邊說：「真是，也不怕辛苦，情緒那般高漲，非發獎金給你們不可，我想到長途跋涉就打冷顫。」

在飛機場買了許多紀念品，其中有一群大中小綠玉雕刻熊，十分可愛，也相當昂貴，章台送給三個兒子。

「這種玉石，本來不值什麼，整頓那樣略加雕刻放路上做點綴，此刻受華裔追捧，價錢直線上升。」

回程，保羅與章台共坐，小伙子滔滔不絕談是次旅程趣事，兩個女孩在後座打盹，安妮說：「飛機尾都聽見保羅聲音」，咭咭笑。

保羅忽然輕輕改變話題，「章先生，我倆決定結婚。」

章台一怔，「你與安妮，呵，好消息，恭喜。」

「本來已有此意，幾日相處，發覺情投意合，原來生活可以如此簡單充實，一人一票選總理，假期，可以騎自行車旅行，肚餓停下吃熱狗，孩子們小學中學免費，醫療全保，衣服扔進機器洗乾，年輕人一雙球鞋一件風衣走天涯，個人意願受到尊重——」

「那麼好，幾時結婚？」

「回去知會雙方父母即登記註冊，隨即申請移民。」

「讓周家浚調你駐多市吧。」

「章先生，為何我們會鍾情異鄉？」

「因為你與愛人在一起，無論何處，都是香格里拉。」

「那社會也有暗湧吧。」

「哈哈哈，你說呢。」

這時，安妮要求調位子。

周媛坐到他身邊。

她問：「為什麼要結婚。」

「愛一個人，想把寶貴時間與對方共度，互相關懷，不再寂寞。」

「那麼，又為何離婚。」

「不好說，每宗個案不一樣，大抵因為年數漸長，個性愛惡漸變，或是環境不利兩人困在一起，或其中一個覺得不可能繼續犧牲下去……」

「你與姐姐之間，是因為其中一人沒長大？」

「也許因為兩個人都終於長大，需要面對現實，發覺婚姻生活並非辦家家酒，而我，特別愚憨，越做越累，你姐姐看不順眼，要求分手。」

「姐夫真好，沒怪姐姐貪慕虛榮性格驕橫之類。」

章台過一會黯然說：「全是我的錯，我不諳轉彎，你見過我學舞便知道。」

周媛說：「為何早婚？」

「噫，我們議論會的題目可是說結婚？」

周媛只是笑。

「我那時羨慕人家結婚六十週年，認為是人生壯舉，比攀登珠峰還神氣，真正需要勇氣毅力，奉獻生命，叫什麼？是衣帶漸寬終不悔。」

周媛怔怔聆聽：「六十週年！」

「有點可怕可是，一日在商場，見有個小孩特別倔強，媽媽走左，他偏走右，忍不住問『幾歲』，那媽媽回答：『下星期滿一歲』，試想，才一歲大的人，嚇得我往後退，三個兒子幼時我最敬畏他們，那麼小，那麼軟弱，卻那麼大脾氣，無比驕橫，還不懂思想，雖然哭聲震天但倘若大人一天不餵他們就束手待斃……」

「姐夫想法古怪。」

機長宣佈飛機即將抵達目的地。

保羅與安妮手握手在後座盹着。

周家浚派三輛車子親自來接，一組人道別。

休息過後，章台約會殷律師。

「殷師，請問周媛今年真實年齡若干。」

「未成年，不合法。」

「殷師。」

「十四歲半，司馬昭之心，路人皆知，你當心。」

「我是那樣的人嗎。」

「台子，我不會顧忌周家浚，但我擔心你。」

「我不知你說什麼。」

「回公司忙去吧你，家浚說你一洗疲態，工作起勁，確是好現象。」

回到公司，周家浚找。

「台子，越南那邊，祖父辭世，親眷希望我回去拜祭。」

台子不出聲。

「問你意見呢。」

「那小郭好不多事。」

「不，不，他是好心人。」

「我沒有意見，周家浚，無論何種選擇，汝安之，則為之。」

「我想與趙仰同往。」

「不要把這種壓力加諸人身。」

「鞠個躬，馬上走。」

「那是一座豬場。」

「已經賣掉，改建度假屋。」

「親愛的周家浚——」

「小郭說，送一筆帛金……」

「這就對了。」

周家浚吁出一口氣，「但該處是我血脈之源。」

「你的血脈在此。」

這時周家浚一不小心，為裁紙刀割破手指，頓時血流如注，漂亮秘書連忙趕來，為他包紮。

那鮮血紅得驚心奪目，俗云血濃於水，血液是最重要生命之源，故此紅色，警戒觸目。

結果，周家浚還是跑了趟越南，趙仰陪着他，回來之後，他沒怎麼樣，

消瘦了整整一圈。

她對章台說：「真沒想到。」

台子坦白，「我想法亦相同，家浚的氣質：驕矜、雍容、慷慨，渾如天成，真不似在黃土地鄉間出生。」

「他最後一名近親已經辭世，他們沒找到他的生父母，我很高興他沒有逃避。」

「對那豬場有何印象。」

趙仰說：「出乎意料的好，眾親待人赤誠，天真愉快收下資助，毫不見外，只是，城市人最怕昆蟲，該處昆蟲特多，蚊子黑且大，飛時發聲，像科幻片中怪物，蜈蚣蠍子炸來吃，炒蛋用蟀蟋，我被咬得渾身紅斑呢。」

自然不宜久留。

「我越發尊敬周氏伉儷，也對家浚另眼相看，他特意走這一趟，虔誠上香叩頭，煞是難得，面對現實，是好漢子。」

「周家寶卻退縮。」
「她是周家之寶，她有她做人方向，她不虛偽。」
章台微笑，「他們說，好人眼中沒有壞人。」
「台子，各有各緣法，各有前因。」
「真的不要孩子？」
「你看你的口氣，像小老頭。」
「周嫒也那麼說。」
「周嫒，是周老的親女，漂亮少女與她口中姐姐周家寶一點血緣也無，三名外甥，只不過是談得來的小友，你們在一間屋頂下平和生活，全因周太太寬宏大量，但是，周夫人又與兩女毫無關係，台子，你說，周夫人是否值得尊重。」
章台點頭。
「慶幸你是明白人。」

「趙仰，我的意圖，真的那麼明顯？」

「台子，你不能玩撲克牌，你的心事，全掛在臉上。」

周家浚很冷靜，他如此說：「章台，你專喜穿校服小少女，當年認識周家寶，她也只大一點點。」

章台跳起，用手大力按住周家浚肩膀，「我的力氣不比你小，你想打架。」

周家浚推開他，「保羅與安妮請喝喜酒，你負責接送周媛。」

那個晚上，見過周媛的人，都知道少女已經成長。

她身形拔高好幾吋，肩膀也寬不少，三圍均勻，特別秀氣，穿一襲簡單晚服，不露胸也不露背，煞是斯文可人。

奇是奇在章台坐她身邊，大家也不覺年齡有太大距離，只是顯得恰到好處的莊重。

大家跳接龍舞之際，他也起身，只是慣例人左他右，惹人發噱。

跳四步之際，周媛輕輕在章台耳邊問：「仍然不後悔？」

場內吵鬧，章台只覺聲音似游絲般鑽入他耳朵，他聽得極清晰。

他對小大人輕輕搖頭。

他與周媛見面次數漸多，卻沒有機會多說話，他覺得心意卻相通。

時間過得真快，五年，就這樣過去。

家庭是社會縮影，周家發生一些事，並非有人行差踏錯，老人終歸會得辭世，叫小輩疲於奔命。

周老先生舊病復發，偕周太太往美國治療，殷律師與保母先去部署，租下近醫院高層公寓。

醫生也真開通，對周先生說：「你若無甚牽掛，那麼，不必重型治療。」

周太太答：「有人活到一百零二歲。」

周先生說：「不是每個人，醫生，我願意聽其自然。」

「你有足夠時間辦妥事情。」

周家寶把大兒留下在史丹福讀書，吩咐他陪着外公外婆，不得鬆懈，大兒嗚咽，「有人活到一百零二歲。」

他母親把他摟緊緊。

問醫生，「大約多久。」

「一年……半載……說不定。」

「死亡來臨，人類會怎樣反應。」

「很少人問這種問題。」

周媛卻沒有留下陪伴。

她輕輕對殷律師說：「我與周先生，其實並無真實感情，我不想虛偽。」

這時，她已在電機工程系畢業，預備進一步升學，並且在公司受薪。

「我們不會勉強你。」

周媛已經成年，脫胎換骨，只有一樣不變，對章氏三兄弟友誼有增無減，呵，還有他們的父親章台。

周老沒有捱過那個冬天。

周夫人忽然衰老，記憶力奇差，上午做過的瑣事，下午再做一次，站在廚房許久，忘記是要一杯水還是一塊餅，走出，又回轉，一切，叫人看着心酸。

周家寶一聲不響，陪伴母親。

辦妥事，周家浚在康樂社找到一班太太，每日下午與母親搓麻將，周太太覺得南加州天氣好，想多耽一會，「勞駕你們兩邊走」。

陪保羅在多市工作的安妮最搞笑，自東部過來打牌，連場敗北，輸給周太，懊惱得不得了，「賠上飛機票不止，連身家都丟了」，周太連忙說：「我請你乘飛機，你多來。」

周太太那麼辛苦百般遷就把周先生留在身邊四十多年，終於還是失去他。

孫女士沒有再出現，算是磊落。

「你敬人一尺，人敬你一丈，」殷律師說：「不枉我為她周轉這許多年。」

章台點頭。

「她下周返本市辦一些公事，問你可方便見面。」

章台也正想與孫女士說話，提不起勇氣相邀，這次正好，他點頭。

「台子，你大兒已有女友，你可知道。」

章台吁出一口氣，「對方是何人？」

「嘿，你這一問，顯得老了，不接地氣，是何人與你無關，最好別評頭品足，加插忠告，今時今日年輕人不接受意見，他們有他們的路要走。」

「跌落懸崖呢。」

「靜待他自己爬上。」

「做父母的幹什麼？」

「簽支票。」

「殷師你說得太悲哀。」

「事實就如此。」

終於看到大兒女友，是同學，非常精靈討人歡喜，章母最高興：「或許有機會四代同堂」，說到嬰兒，不自覺咧開嘴笑。

章台輕撫母親鬢腳，她仍然勤工染髮，但那白髮頑固，長得極快，與東方人黑髮對比，異常矚目，十分可恨，染髮到底整齊一些，她們牌搭子老太太相互鼓勵：「活着要有樣子，一百歲也必染髮必洗牙，每季置數件新衣」，章台聽着很歡喜。

不自覺他也長了白髮，不在額前鬢腳，奇怪地長在頭頂，理髮師提點他：「章先生有種造福人群洗頭水，用上三個星期，漸漸染黑，卻又不全部遮染，非常自然，同從前那種不自然不反光的黑墨墨大不相同，你可以一試。」

自從人類發明鑽木取火之後，不停與大自然抗爭，這種洗頭水可謂偉大鬥士。

正在躊躇，前妻周家寶忽然來電，「台子，我長了白髮！」語帶哭音，「前日才發現老花，滿眼飛蚊，今日——」

「噓，別讓媽媽聽見。」

周家寶哭出聲，「台子，我怎麼老了，你給我一個說法，我還發覺臉頰按下許久不反彈，我不甘心。」

章台忍不住哈哈大笑，竟擠出淚來。

「你笑什麼？」

「不能哭，就笑呀。」

「接着怎樣？」

「我們不談這種負能量題材。」

「台子，我可是更年期了。」

「你若疑心，可請教婦科，這方面，女性比較幸運，半世紀前已可用雌激素補充劑，不比我們男子，乾癟至老死。」

「你不同情我。」一下子掛電話。

章台憐憫全人類，他自己當然在內。

終於見到周家寶，仍然漂亮到頂端，髮式、衣飾，最最時髦，大兒比她高半個頭，站一起，似同輩，羨煞旁人，但她仍然情不自禁，活在人類自然定律的陰影下。

大兒女友口齒伶俐，「啊——」長長吁氣，「從沒見過這樣自然漂亮的伯父伯母。」

章台什麼也不講，那女孩，比周媛只略大一歲。

沒有孩子的人，永遠不覺年長年老，周家浚懂得這道理。

隔幾日，章台在殷師辦公室見到孫女士。

她滿臉笑容，「台子，你氣色真好。」

孫女士氣態雍容，神情愉快，是章台見過狀況最佳一次，生活如何是看得出的。

她輕輕抱怨：「最怕阿朴叫我陪打高爾夫，曬死人。」

這時，她忽然握着章台的手一回，「台子，我這次來，特地開心見誠向你道謝，心裏話，要及時説明，不然有枉受人恩典，在我們母女最低落之際，你拉我們一把，謝謝你台子。」

「哪裏有——」

「你聽我説，很多人以為周媛可在周家立足，是因為周夫人寬宏大量，那當然也是原因之一，但是，台子，周家由你先伸出友善的手，你是周家三個男孫的父親，你品德端莊，他們器重你，故此，我們母女被接受下來，與三個孫兒平起平坐。」

「孫女士，沒你説得那麼好。」

「每次聚會，不是你家小弟握住囡囡手，是囡囡拖小弟借力。」

「孫女士，快別這麼説。」

「囡囡對我講，每次家庭聚會，你的眼光從不離開她，處處照應，她有尷尬的情況，你即時走近，幫她含蓄解圍，叮囑孩子，愛護小阿姨，台子，我永誌不忘。」

台子耳朵都燒紅。

「囡囡説，她若有你這樣一個大哥，一生必不致吃虧，但你身為姐夫，她也得到庇護。」

台子這時覺得蹊蹺，孫女士處處着重大哥、姐夫這些字眼，叫他一時不能表達比較自私意願。

孫淑子在人生路上打滾多年，她彈無虛發，章台沉默。

「台子，多虧你美言照應。」

章台再笨也明白了。

「周媛今日也出身了，唉，仍然豆腐腦一般，不長記性，工作崗位上表現不錯，周家浚褒奬她，但，她結交男朋友了，這才叫我擔心，她與我有疙瘩，不喜聽我説話，台子你説一句勝過我十句，你替我多留意一些。」

章台唯唯諾諾，腳底已開始發冷，涼意漸漸升到膝頭。

孫女士拿出電話，「你看看這少年如何，會不會太漂亮一點，我覺得輕佻呢。」

章台接過電話，看那照片，只見周媛笑靨如花，頭碰頭與一少年合攝，少年一派俊朗，粗眉大眼，開心得咧開嘴笑，這種年輕天真的相互愛慕不是裝得出來，認識囡囡多年，她從不在人前毫無顧忌展露真感情，在這少年面前，她可以真正放心。

那股寒意，已升到章台胸前。

「周媛總算得到她自己的位置，台子，我知你會第一個祝福她，這男孩是她教授之子，家世倒還好，希望囡囡今後有太平日子過。」

「是，是。」

「別人還沒知道呢，我想等他們感情成熟些才公佈。」

這時章台問殷師要一杯威士忌。

殷師靜靜斟出三杯酒，加上冰塊。

孫女士舉杯，「祝囡囡幸福。」

她吁出一口氣，「把話說明真高興，台子，一輩子感激你，唷，台子，你怎麼也長白髮！」

她再三道謝，離開事務所。

若不是那杯威士忌，章台真會牙關打顫。

他靜靜坐一角不出聲。

殷師有客人進出，一晃眼已是下午。

章台仍然呆坐。

殷師推他一下，看一看酒瓶，已經少一半。

她仍然不開口，但章台知道人家要下班。

他取過外套，殷師陪他走到樓下。

「台子，你可不是已經長了白髮。」

只說這一句，接着是：「也好長些腦子了。」

薑是老的辣，孫淑子根本沒讓章台有開口機會，一輪嘴，說出她心中意思：章台，你是好人，但好人也有想歪了的時候，你是長輩，照顧孤女，實屬積德，但若有非份之想，豈非叫大家為難，各人不表示意見，是尷尬難言。身為母親，不得不由我表態……

章台太陽穴如有鑽子鑿着痛，站都站不穩，母女為何不早些表態？因為早些時候，還需要利用他。

就如此，五年的時間感情，忽然化灰。

跌一跤，老十年。

到什麼地方挖一個洞躲起來。

有了，附近酒館林立，繼續喝下去。

這一間叫「紅簾子」，多美的名字。

他對侍應說：「整瓶放下。」

「不可以呵，出什麼事，我們要負責。」

逐小杯上，掩耳盜鈴。

章台忽然笑，他是猥瑣老頭，一切魅由心生，「你是會等我的吧」，必定是他聽錯，當時瀑布聲嘩嘩，這句話害他等足五年，又「你仍不後悔」，是良知提醒他，自那時開始，他應已知無望，但章台仍然做着春秋大夢。

是他聽錯了，都是他錯。

來，何處跌倒，何處爬起，今夜必醉，明日，洗把臉又是一條好漢。

正在喝，一個女子走近，「這位先生好似有煩惱。」

他抬頭，好不嫵媚，緊身紫色閃光裙，長髮披肩，耳鬢別一隻水晶大蝴蝶，看樣子不是人客。

「我是經理，你可別替我惹麻煩。」

「可是要我走。」

「不，不，不，你如此靜靜地醉，歡迎之至，我只想要你地址，等你醉倒地時叫車送你回家。」

「一流服務。」

「什麼傷心事？」

「啊，當然是有人丟棄我。」

「說笑了先生，你英俊瀟灑，態度大方，怎會失戀，別去理她，那女子不識寶物。」

章台聽了呵呵笑，忽然之間，眼前一黑，摔倒在地，他把身子蜷縮如嬰兒，忍不住飲泣。

女郎惻然俯視，不到一會，章台睡着，扯起鼻鼾，他當然不知身在何處。

半晌，醒轉。

為什麼還要醒過來，世上煩事紛擁而至，頭痛欲裂，他呻吟，噫，睡在陌生沙發上，他緩緩坐起，看到對面不遠之處有張辦公桌，一個女子坐着核對賬單，見他醒轉，微笑點頭。

章台摸着後腦，「我在這裏幹什麼，這是什麼地方？」

女子回答：「這是酒館地庫，我的辦公室，你倒地上，我叫伙計把你抬進睡一覺。」

當然不是每個客人都享此待遇。

「天亮了嗎？」

「人在傷心之際天色永遠不亮。」

「打擾你了。」

章台找外套預備離去。

這時，女子把有輪子的辦公椅滑出，兩條長腿做了一個姿勢，那是伸直了自左到右，又自右到左打了一個圈子，這是艷舞中最常見的姿態，由女郎做來，非常曼妙惑人。

章台呆視。

忽然，痛不是那麼痛，苦並非那麼苦。

女郎微笑，「你像是看到什麼美妙的東西。」

「敬問芳名。」

「我叫麥士，Maximilian 簡稱。」

「呵，『勝過一百萬倍』之意思。」

「正是凡事做到最好。」

「幸會，我名章台。」

「亭台樓閣的台。」

「不錯，我有三個兒子，他們叫亭、樓、閣。」

「你是建築師嗎？」

章台微笑，「麥士，我要趕回梳洗，還得上班。」

她走近，「不要擔心，我沒有企圖，也無目的，不過是聊幾句。」

章台點頭，「謝謝你。」

他走上地庫，員工正在打掃，他找到大門離去。

經過這一劫，皮膚鬆弛，形容枯槁，背脊佝僂。

他要求周家浚調職。

他頭也不抬，「行，調你往十三樓人事部。」

得力助手輕輕勸章台：「我們已不是調職轉職的時候，你我應為退休籌劃才真，花無百日紅，你是黃馬褂，更需謹慎。」

報上徵聘廣告，一般都説明——歲到——歲，超過四十歲者大抵需有特殊技能，由獵頭公司代理轉職。

一個人，自己總覺未老，或是並非太老，但社會視覺不一樣。

周家浚特地與他喝茶，「累了，休息一會。」

「你為何不累？」

「我也覺奇怪，也許，工作成績是興奮劑，台子，已不是傷春悲秋、怨天尤人的歲數了。」

章台不出聲。

「看，我在世界地產資訊頁找到加西一間屋子：六千多平方呎，五房六衛，位於面海半島，專用私家路，標價才五百五十萬美元，我想置下全家度假。」

周家一到，再靜屋子也變酒店。

「台子，別多想了，這是你一世最好歲月，孩子們長大，又無妻室管束，正好趁機會多看世界，且身為本公司要員，再如此愁眉不展，當心雷公劈死你。」

都這麼苦口婆心地勸他。

「你在想，再見到周媛該如何反應？你皮肉不夠老韌，教你：若無其事，微微笑，同對方說：『受傷後，痛楚持續一個月，要找專科醫生，急性痛楚，是人類本能反應，提醒我們遠離危險，慢性痛楚卻剛好相反……』」

「你在說什麼。」

「聽不懂？不要緊，你不是要任何人明白，你只是要表現你內心平靜。」

「我心已死。」

「說得太早。」

章台沒有問周媛好不好，囡囡她當然很好，照片裏那小男生也不會是唯一男友，已成年的她全地球是她世界，章台若能回到那個年紀，每年務必抽兩個月時間全世界遊覽，一定先到南美洲探測奇異繽紛世界，要到近四十才結婚，還來得及生五六名子女。

一日下班，棄用升降機，用樓梯，當運動，遇見周媛：「姐夫，最近家庭聚會全不見你，寶姐說你可能有女朋友了，時間不夠用。」

章台擠出微笑，受傷後，楚痛若持續一個月……

眼前的周媛又長高些，眉目如畫。

她笑嘻嘻，一點芥蒂也無，輕俏說：「帶回家我們看看。」

章台聽見自己答：「她不喜熱鬧。」

這時，另外有同事用樓梯，章台跟着他們急步而下。

走到街上，才發覺一背脊汗。

他不是少女對手，她年輕，她不怕錯。

那個晚上，他看文件到深夜，仍無睡意，蹓躂到紅簾子酒館。

他對酒保說：「麥士在嗎。」

酒保說：「她在地庫房間，請問誰找？」

「章台。」

酒保接通電話，說兩句，「請你下去呢。」

章台識途，敲門進內，一邊揚聲：「我沒有目的，也無企圖，只想聊幾句。」

麥士笑聲如銀鈴。

一件白襯衫穿她身上都那麼嫵媚。

她說：「你的氣色好得多。」

「再不迴光，也該死了。」

「哪裏會安樂死，」她的聲音忽然低沉，「好幾次，均以為活不下去，可是，仍如殭屍般活動，吃飯穿衣工作，但沒生命跡象，痛楚地拖着看日出日落……」

被她說到心坎裏。

「來，」麥士說：「我同你出去走走透口氣。」

收拾一下桌子上單子，再抬頭，發覺章台已橫躺在舊沙發上盹着。

他把頭埋在雙臂中，輕輕扯鼾，像是許久沒睡好，此刻賓至如歸。

她走近看他。

露在手臂外是章台絲一般柔軟頭髮，頭頂有幾縷白髮，備添瀟灑，他濃眉長睫，小時一定可愛，如今中年，更顯俊朗，不知是誰沒有良心，糟蹋他的深情。章台吸引她，在酒館，很難看到氣質文雅男子，多數豪邁，「喝死算了」，「咦，那女子可是拋媚眼」這種。

這時對講機響起，「麥士，有酒客爭吵，請上來。」

她只得丟下章台去視察樓面。

原來是兩個好友喝多幾杯，為結賬吵起來，「只你有錢？我也有」，取出一大疊千元鈔票，每個員工發一張，另一個答：「咄，別收他的臭錢！」

兩人扭住對方衣裳，撕打起來。

麥士抄起一桶冰水，往二人頭上淋。

兩人吼叫，但卻清醒，頓時像鬥敗公雞，被侍應生扶到玄關坐下，勸說：

「這餐麥士請客，兩位先生請回，車匙留下，不要醉駕。」

麥士忽忽回到地庫，章台已經離開，她悵然若失。

早知，任由那兩個莽漢拼個你死我活。

麥士悵惘整晚。

這一擔擱，那章先生不知又要蹉跎到什麼時候。

不過，麥士已把情緒控制到爐火純青階段，不怕歷練，誰也看不出她不高興。

第二晚，她店裏來了一個受歡迎的客人。

「小郭，什麼風把你吹來。」

「每家新酒館，總得來試試，有何特色？」
「什麼也沒有，只得待客以誠。」
「這誠字在今日還行得通嗎。」
麥士苦笑，「也只得走一步看一步，你呢，春風滿面，發生什麼事。」
「我又老又醜，只得靠笑臉迎人，你呢，麥士，何故眼神抑鬱。」
「唉呀，竟被你法眼看穿。」
「是什麼人？」
「不想說。」
小郭微笑，「沒想到對你來說，一個人仍然重要。」
麥士咭咭笑出聲。
正在此時，酒館門推開，一個俊朗男子走入。
是他老友章台！
小郭何等明敏，立刻轉頭看麥士，只見麥士矜持端坐不動，然而，眼神露出意外、驚喜、盼望神色，是他，是章台。

他這兩個朋友幾時認識？

只見章台大大方方走近，自身後取出一串小小白玉蘭，遞給麥士，好一個麥士，立刻把花束結在鈕扣上，以甜笑答謝。

章台這時才說：「我就知道，有好酒之處必有小郭。」

大家哈哈笑。

麥士最高興，「沒想到我倆有共同好友。」

「小郭絕對是奇人。」

小郭不予理睬，「麥士，怎樣看歐羅與英鎊走勢。」

「我自小喜歡英鎊這貨幣，Pound Sterling：£出類拔萃，與眾不同，從前還有先令、便士與花令，這幣制獨樹一幟。」

「你看好？」

「我沒那麼說過。」

兩人說了一會，小郭站起，「我還有點事，下次再來。」

章台看着他背影，「我的事，小郭都知道。」

「我也是。」

兩人乾杯。

第二天，小郭就到公司找章台。

「台子，莫傷害麥士。」

章台不由得動氣，「你聽你這話，你幾時見我傷害過女子，都是人家當我砧板上的肉。」

「你有那麼可憐？」

「麥士是那麼容易受傷的人？」

「凡人都有一個死穴，工夫練得再強，也有一個練門。」

「給你一說，我倒躊躇。」

「別想得太多，快樂一天兩天三天也是好的。」

「什麼話，正面反面，都叫你說盡。」

「你們二人背景性格南轅北轍，很難長久。」

「你疑惑什麼，當事人又不是你。」

「若非我老醜，就輪得到你。」

「你妒忌。」

「不止三五七年了。」

「那天我到紅簾，本想約她吃飯。」

「章台，你從前的女子，只會等你去愛，麥士，卻懂得愛你。」

「還有什麼密報。」

「周家寶有男伴。」

章台怔住，不是因為前妻重出江湖，而是周家寶三字，忽然陌生，事不關己，他不敢說出口，如此涼薄，即使是小郭，也怕要對他心寒。

「年紀比家寶輕一點，大家都擔心是想掘金。」

「周家寶無金無權。」

「噓，不要說出這秘密。」

小郭着他看照片。

相中兩人正過馬路，男方拉着周家寶手，風勁，頭髮吹亂，不知怎地，二人並無歡容，反而有着寂寥感覺，的確是一對俊男美女，那男子只得廿餘歲，高大神氣，呵，追求三子之母，必須有些勇氣。

章台吁口氣，「如果開心，還理什麼。」

小郭把照片收起，「正是，周先生離世後，大家都可以低調處理感情事宜，不必顧忌他的臉面。」

章台不置可否。

「全市適齡男性均對周媛有興趣，約會大致排到明年七月，厲害，各式公關公司都找她出席，她是名媛。」

「因為知道她其實是工業公司承繼人吧。」

「當然是主要原因，漂亮女孩，有家底，自負盈虧，借她裝飾舞會或臂彎，是最佳眼睛糖果。」

「她仍同那年輕男生——」

「換過好幾任了。」

一日，周家浚找章台開會。

走入會議室，發覺周媛與其他同事也在。

周家浚開門見山，指着桌上，「各位請看，這枚零件作何用途。」

章台當時站着，根本看不到桌上有什麼東西，周媛用小尾指輕輕一指，他才看到一隻碟子上放着閃亮一顆米狀物體，不，比米粒還小，只得三毫米長短，兩頭均尖，刻着螺旋。

大家凝視。

周家浚說：「本公司一向對訂單上物件不加追究，但這粒鈦金屬螺絲，卻引起我興趣，大家說一說，它有何用。」

「生產量可大」，「只一萬枚」，「本公司可以勝任」，「但，它裝嵌在什麼東西上」，「機器」，「何種機械」。

這時周媛低聲說：「福爾摩斯說，只要把所有不可能的成份剔除，剩下的，便是真相。」

「不可能是重型機械」，「這樣製成品，依物理，有可能只得兩公分直徑」，「假設是圓形」，「一隻角子那樣大」。

章台問：「委託人是誰」，「美史密夫貿易公司，不是真名」，「如此神秘，不打自招」，「誰？」

有人立刻去查檔案，「周先生，有一個組織一次用過史密夫這個名稱。」

大家笑着回答：「美宇航署。」

「要這麼小的零件與機器幹什麼？」

周媛答：「我見過麻省理工學院學生創製的機械蜜蜂，同真正昆蟲不差毫釐，配備攝影機及追蹤器，直接與電腦聯繫。」

「你怎麼會見到？」

「那男生想約會我。」

大家又笑。

這時章台已在紙上畫出可能草圖，大家一看，嘩然，「真的嗎。」

章台畫得像動畫圖樣：一群小小毫子大飛行物體，朝蒼穹以高速度飛出。

有工程師同事說：「章台假設得再好沒有，一直以來，宇航署飛行機龐大笨重，往往幾萬噸燃料動力才推得動，勞民耗財，早該研究微型飛碟，看，多麼可愛趣致。」

「用什麼作動力？」

「當然是核動。」

「有這麼小的反應堆？」

「冷融合核子做得到。」

大夥騷動，「周媛，你再往麻省理工打探一下。」

周家浚十分滿意，「本公司擁有許多諸葛亮。」

回自己崗位，周媛說：「姐夫，今日我負責買午餐，你可願一起。」

「有種方法，叫外賣。」

「那間燒鵝店不送外賣。」

「越吃越刁鑽。」

「已在網頁訂妥，要十客。」

「周家浚吃哪一部份。」

「大哥回家陪大嫂一起在家吃。」

多像從前的章台，拒絕加班，報告扣分，終於被中止合約。

周媛輕輕問：「姐夫，近況如何。」

「謝謝你，很好。」

他想到昨晚麥士輕輕柔媚在他耳邊說：「輕鬆點，輕鬆點」，他忍不住大笑，更加不濟事。

此刻他不由得又笑出聲。

周媛訝異地看着他。

他忍不住輕撫周媛鬢腳，「走快兩步，莫叫同事胃部久等。」

——全書完

書名　仍未後悔　作者　亦舒

出版　天地圖書有限公司
香港皇后大道東109-115號
智群商業中心十五字樓
電話：2528 3671　傳真：2865 2609

香港灣仔莊士敦道三十號地庫／一樓（門市部）
電話：2865 0708　傳真：2861 1541

設計及插圖　Untitled Workshop

印刷　亨泰印刷有限公司
柴灣利眾街27號德景工業大廈十字樓
電話：2896 3687　傳真：2558 1902

發行　香港聯合書刊物流有限公司
香港新界大埔汀麗路36號
中華商務印刷大廈3字樓
電話：2150 2100　傳真：2407 3062

出版日期　二〇一九年十一月／初版・香港